eromanga sensei

情色漫畫老師

伏見つかさ

插畫◆かんざきひろ

8

和泉征宗的休假日

Kadokawa Fantastic Novels

contents

第一章 11
第二章 75
第三章 161

Muramasa Senjyu
「征宗學弟，戀愛真的好有趣喔。」
T
eromanga se

Masamune Izumi
和泉正宗
一邊去高中上學一邊進行小說家的工作。筆名是和泉征宗。
Sagiri Izumi
和泉紗霧
正宗的妹妹。雖然是個重度的家裡蹲，但目前以情色漫畫老師這個筆名從事插畫家的工作。
Elf Yamada
山田妖精（筆名）
和泉家的鄰居。隸屬於與正宗不同的出版社，活躍中的超級暢銷作家。
Muramasa Senjyu
千壽村征（筆名）
與正宗在同一個出版社活動的年輕前輩作家。是正宗的超級書迷。
Tomoe Takasago
高砂智惠
正宗的同學，「高砂書店」的招牌女店員。知道正宗職業的異性朋友。
Kyouka Iz
和泉京
和泉兄妹的監護人
妹妹。是個從來不
給人冷淡印象的美
Makina A
葵真希
好吃懶做的腳本家
動畫版《世界上最
妹妹》的系列構成
Touko Akas
赤坂透
動畫版《世界上最
的製作人，是個做
現實主義者。

eromanga sensei

情色漫畫老師 8

伏見つかさ

插畫◆かんざきひろ

和泉征宗的休假日

Kadokawa Fantastic Novel

情 ero manga sensei 色漫畫老師
第一章

第一章

我是和泉正宗，十六歲的高中二年級生。
是個一邊上學一邊從事小說家工作的兼職作家。
筆名是和泉征宗。
因為種種原因，從兩年前開始跟家裡蹲的妹妹兩個人住在一起。
而這樣的生活發生重大變化，是一年前的事情。
我知道了妹妹「隱藏的祕密」。
為我的小說繪製插畫的插畫家「情色漫畫老師」。
這個人就是我的妹妹和泉紗霧。

接下來發生了許許多多的事情後——

現在，我的新作小說《世界上最可愛的妹妹》動畫化企畫正如火如荼進行中。
身為原作者的我也是一下子出席動畫腳本會議，一下又要監修遊戲的劇本，同時還要連續刊載原作小說。
再加上，連手機遊戲的工作都突然冒出來——

為了實現我跟妹妹兩人的夢想，我不眠不休地處理大量的工作。

不過……

「從今天開始，哥哥要跟我同居。」

察覺到我太過亂來的紗霧，講出非常不得了的話來。

而且還特地——把「不敞開的房間」鎖上才講。

「妳、妳在說什麼啊！妳跟我從以前到現在不是一直住在一起嗎！」

「不是。如果不是住在同一個地方，就稱不上同居。」

「所以我們不是住在同一個家裡頭嗎！」

「這裡。」

紗霧搖搖頭。

「從今天開始，你要跟我一起住在這個房間裡頭。」

因為動畫的關係——

我跟妹妹的同居生活就此展開。

這次的故事，就從這之後開始。

熬完通宵後的早晨。

我被紗霧拉進「不敞開的房間」裡頭，被迫在房間中央跪坐著。

「……要我……在妳的房間……一起生活？」

意思是能跟喜歡的人獨處，從早到晚都一起生活……是這個意思嗎？

我咕嘟地嚥下口水。

聽到紗霧的爆炸性發言後，我產生前所未有的動搖。

站在眼前的紗霧，用冰冷的眼神低頭看著我。

「……沒錯。你跟我兩個人，要住在這邊。」

我根本無法正常思考。可是，妹妹卻不斷說出充滿衝擊性的話語。

她猛力指著床……

「所以，哥哥你去那邊睡覺。」

「不……那個是妳的床吧……」

「所以呢？」

滿臉怒容地回問我。

我真的可以躺到妳的床上，在妳芬芳氣味包圍中入睡嗎？

現在完全不是能夠這麼詢問的氣氛啊！

「好啦，快點睡覺。」

紗霧用強硬的語氣催促我。

「直到哥哥乖乖睡著為止，我都會在這邊看守。」

「唔……」

由於害妹妹哭出來讓我感到很愧疚，所以只能照妹妹所說的去做。

我拚命忍受住這種猛烈違反道德倫理的感覺，同時鑽進心上人平常睡覺的被窩裡頭。

「這、這樣就可以了嗎？」

我瞄向紗霧這麼說著。

於是紗霧跟仰躺的我四目相交後，說聲「嗯。」並且點點頭。

「在那邊好好睡一覺吧，畢竟你一直熬夜工作嘛。」

「……我是很感謝妳這麼關心，但是……」

「『但是』跟『可是』都禁止講出口。別多說了，快點睡吧。」

「嗚……」

這可是喜歡的人所使用的棉被耶！這樣只會感到臉紅心跳根本睡不著吧！

但在雙重層面上讓我無法把這句話說出口，被逼進死路的我……

「知道了啦……」

只能這麼回答而已。

「嗯。」

紗霧微微點頭，並且緊盯著我。

看來直到我睡著為止，她都打算這樣監視。

……真傷腦筋，我根本睡不著耶……？

雖然這輕柔又香甜的氣味，讓我的腦袋變得昏昏沉沉。

……不過這種擔心似乎是多餘的。

看來我好像比自己想像中還要疲倦許多——

「……哥哥，晚安。」

眼睛才閉上沒多久，我的意識就沉入深沈的睡眠之中。

感覺上只過了短短一瞬間。

「咦……奇怪，我睡著了嗎……？」

我的意識從朦朧中逐漸清醒過來。

感覺好像躺在樂園的草地上曬太陽一樣，非常舒服與暢快。

——睡眠品質感覺比平常還要好。

「……我睡了多久呢？」

用半睡半醒的腦袋思考到這邊，然後睜開眼睛時——

「！」

最先浮現的是「我該不會還在作夢吧？」這種想法。
紗霧的睡臉，出現在我的鼻尖幾乎要接觸到的眼前。
「……呼。」
而且還很安穩地在睡覺。
跟我在同一個被窩裡頭。
紗霧的手腳，直接接觸到我的肌膚。
「嗯這……！」
這是什麼狀況——！
為、為為為、為什麼我跟妹妹會同床共枕……！
咦？騙人？真的假的？不是作夢嗎！
對於這種所有高中男生都會妄想過一次的「過於湊巧的情境」……
「好痛！」
我甚至試著用「捏自己臉頰」這種古老的方式來進行確認。
結果——這似乎不是在作夢。
現實就是，紗霧正跟我同床共枕。
愛戀的對象，就在自己眼前毫無防備地熟睡。
——而且，好柔軟……

身體有一部分互相接觸，甘甜的芬香飄揚而來。明明才剛醒來，我卻好像又快昏過去了。

然後只要意識到一次……

「～～～～～～～～～～嗚。」

腦袋深處就會浮現出彷彿要麻痺的感覺。

理性急速溶解，總覺得自己好像變成傻呼呼的笨蛋。

雖然從來沒有喝過酒，但是喝醉酒也許就是這種感覺吧。

「……呼……呼……」

楚楚可憐的睡臉，發出小小的呼吸聲。

——好可愛。

——好想摸。

——好想緊緊擁抱她。

這些危險的詞彙支配了我的腦袋，並且不斷四處奔馳。

我的手緩緩伸向紗霧的臉龐。

自己也很清楚理性跟欲望正在激烈交戰。

「——咕嘟。」

正當我嚥下口水，要用手掌觸碰紗霧的臉頰時——

咚咚咚咚！在前一瞬間，我聽到這道聲響。

「！」

往聲音傳來的方向看去。

「嗚哇啊啊啊啊！」

一名金髮美少女整個人貼在陽台的窗戶上，從窗簾的縫隙間以凶狠的眼神瞪向這邊。

這驚悚程度根本不是那些嚇人網頁能比較的！

我不禁摔到床下，用近乎陷入驚恐的狀態叫出那傢伙的名字。

「妖、妖精！妳到底在幹什麼啊……！」

「……！」

妖精像是被壓扁的青蛙般整個臉頰貼在玻璃上用力張大嘴巴，像在喊著「你這白痴快把窗戶打開啦！」這句話。

「……喔、喔喔。」

我對妖精這種捨棄女性形象的模樣感到退避三舍，但還是照她的希望打開窗戶的鎖。

於是妖精進到房間裡頭以後，馬上擺好姿勢指著我的臉。

「你這傢伙～～～！把整個房間鎖死，然後跟妹妹在幹什麼啦——！」

「這我也想要問啊！」

「現在立刻開家庭會議！不對——是『審判』喔！」

和泉家的一樓客廳，開始進行「家庭審判」。
來說明一下狀況。
眼前有三（加一）名女性用冰冷的眼神看著我。
坐在正面沙發上的是住在隔壁的暢銷作家山田妖精。
坐在右手邊沙發上的是我們文庫的招牌作家千壽村征學姊。
她們兩位昨晚都住在這裡，幫忙我處理遊戲劇本的執筆還有家事等等工作。而她們兩人背後，都燃起漆黑色的怨氣。
左手邊的沙發上是戴著圓框眼鏡的懶惰腳本家真希奈小姐，她一臉笑嘻嘻地觀看這個事件的發展。
靠在妖精腳邊的矮桌上，則擺著映出紗霧正常面貌的電腦。
然後說到我的狀態——
我被迫在沙發前方跪坐著。
這種情況簡直就像是等待衙門裁決的犯人一樣。
咚！審判長——不，是妖精拿起玩具鎚子往矮桌一敲。
「現在開始，『和泉正宗與妹妹同床共枕事件』的家庭審判正式開庭。」
「辯護方，已經準備好了！」
真希奈小姐與高采烈地配合妖精。

真是個百分之百只是想來玩，完全不值得信賴的律師。

「檢察方，已完成準備。」

村征學姊很難得地跟著她們一起加入這場鬧劇。身穿和服的她雙手交叉在胸口，狠狠瞪著被告——也就是我。

……好恐怖。如果是卡●空的裁判遊戲，這根本是頭目等級的風格。

整個人都散發出不知道何時會拔刀砍過來的魄力。

「那麼，村征檢察官。請妳說明『事件』的經過。」

「了解。」

村征檢察官直接站起來，用視線嚇得我渾身發抖並同時開始說：

「事件發生在和泉家二樓，和泉紗霧的房間——通稱『不敞開的房間』裡頭。被害人是情色漫畫老師，十三歲。」

「人家不認識叫那種名字的人。」

紗霧透過電腦說出那句慣例的台詞。

村征學姊不予理會，繼續說：

「第一發現人山田妖精當時正在幫忙碌的被告準備午餐。」

「順便說一下，菜單是飯糰跟炸雞塊喔！可以讓你迅速吃完後馬上回去工作！」

審判長像是要誇耀自己的女子力般，挺起單薄的胸膛。

這時村征學姊的肚子發出咕嚕咕嚕……的可愛聲響。

「……唔。」

她按住小腹，臉上微微泛紅。接著像是要矇混般繼續說：

「……咳哼。準備好午餐的妖精，跑到各個房間尋找從早上就不見人影的征宗學弟。可是到處都找不到，最後剩下的只有上鎖的『不敞開的房間』而已。」

「這時本小姐的女性直覺開始運轉！心想得快去確認『裡頭的狀況』——就是這樣！」

於是妖精跟平常一樣從隔壁房子爬到陽台，來到「不敞開的房間」這邊。

「然後本小姐在那邊目擊到被告淫靡的犯行！——這就是在犯罪現場拍下來的照片！」

「咦？有那種東西嗎？」

我往村征檢察官的手邊看去。

提交給法庭的「證物」，是用妖精的手機拍下來的照片。

上頭清楚拍到我跟紗霧同床共枕的場面。

……咦？妖精那傢伙……是什麼時候……！

我立刻臉色發青。這、這下慘了……這照片太糟糕了……！

「哼嗯……這可是決定性的犯罪證據呢！」

「有異議！我有異議！就說不是這樣嘛！」

當我忍不住吐槽時，妖精「咚咚！」地揮下玩具鎚子。

「本小姐沒有允許你在法庭上擅自發言！」

「事情經過！讓我說明事情經過啊！真希奈小姐，快點支援我！」

當我向坐在左手邊沙發的真希奈小姐尋求援護時，她用手捂住嘴角忍住笑意說：

「說起來這個家真是太棒了！每天都有這麼有趣的事情發生！」

「妳不是我的辯護律師嗎！」

給我去跟成●堂律師交換過來啊！

「所以！到底是怎麼一回事！快說！」

妖精用玩具鎚指著我。

「不是啦，就是——」

「征宗學弟，請你老實回答。不然的話……」

村征學姊的眼神好恐怖！

「所、所以說——」

我在兩人逼迫之下只能放棄抵抗，把今天早上發生的事情正確說出來。

自己昨天晚上跟平常一樣熬夜處理工作。

早上想去洗把臉而來到走廊上時遇到紗霧，接著就被帶進「不敞開的房間」裡頭。

紗霧說出「從今天開始，哥哥要跟我同居。」——這樣的宣言。

然後在妹妹命令下，我在紗霧的床上睡著。

——等等。

「然後當我醒來時，紗霧已經睡在我旁邊了。」

「啥！」「騙人的吧！」

村征學姊跟妖精做出誇張的反應。

一直忍著笑意的真希奈小姐，也終於發出爆笑聲。

「這、這這、這個說詞如果是真的——」

審判長妖精的視線往筆記型電腦看去。

「真凶不就是情色漫畫老師！就是妳啊！」

「太卑鄙了！情色漫畫老師！竟然用同床共枕這招來進行誘惑，這真是太卑鄙了！」

她們兩位更加大吵大鬧。

「這真是難以置信！妳是白痴嗎！第一女主角大人在這種時候使出全力的話，故事會在動畫的藍光BD發售前就結束了吧——！身為真女主角的本小姐之後會用火箭噴射般的加速度超越過去，所以妳在最後一集之前都要好好傲慢地放水啦！笨蛋！」

「誘、誘惑什麼的……人家才沒有這樣！我只是為了監視他才這麼做的……還有人家不認識叫那種名字的人！」

紗霧滿臉通紅地辯解，但是……

「無論如何，妳這藉口都不會管用的！」

「有罪啦！有罪！」

「Guilty－Guilty！」

妖精審判長＆村征檢察官一邊不停敲著鎚子，一邊連續呼喊有罪的口號。

「在此下達判決！」

咚！一道特別響亮的聲音響起。

「紗霧，妳聽好了！那邊的笨蛋征宗只要放著不管就會開始亂來，然後不斷熬夜，總有一天會病倒吧。這一點我們也很清楚。」

「……嗯。」

「必須要有人監視，仔細盯住他有沒有好好睡覺——這點我們也都知道。」

「……嗯。」

「可是在『不敞開的房間』同居這種事，是絕對不行的！」

「她說得一點也沒錯！」

村征學姊也同意妖精的主張。

「「所以說——」」

然後兩人同時說：

「我來跟他同居！」「本小姐來跟他同居！」

「駁回。」

紗霧乾脆俐落地否定掉。

「因為昨晚哥哥明明熬夜工作，可是妳們卻先睡著了吧。」

「「唔……」」

「這件事沒辦法交給小妖精跟小村征，所以要由我直接監視。」

「可、可是……那是因為征宗學弟平常在用的棉被睡起來實在太舒服了……」

「沒有什麼好可是的，這件事已經決定了。」

「嗚唔……妖精，快反駁些什麼！這樣下去會很不妙啊！」

「唔呶呶……本小姐知道啦！那個……紗霧，總之只要交給『可以信賴的人』來監視的話……就算不住在同一個房間裡頭……也沒關係吧？」

「……是……這樣沒錯……不過有那種人嗎？」

當妖精與畫面裡的紗霧面對面進行這種對話時，有人拍拍她的肩膀。

是真希奈小姐，她笑嘻嘻地用大拇指指著自己的胸膛。

「哎呀哎呀，看來輪到我登場了呢？」

「啥？沒人叫妳啊。」

「坐下，不然殺了妳喔。」

「妳會比哥哥先睡著所以不行。」
「再說腳本的截稿日就是明天了吧，快點去工作啦。妳是白痴嗎？」
「好嚴苛！連正宗先生都這樣說！」
真希奈小姐淚眼汪汪地被擊退。
話說回來……這場家庭會議完全無視身為當事人的我在進行耶。
妖精把話題轉回來。
「這樣子看來……果然只能靠那個人了呢。」

到了夜晚，當今天工作結束，時針指著晚上十一點的時候。
客廳再度舉行家庭會議。
我、紗霧、妖精、村征學姊，還有……
女性成員們能接受的「可信賴人物」也加入其中。
「原來如此。既然是這樣的話——那沒有關係。」
她本人聽完經過以後，很乾脆地點點頭。
「只要在正宗確實睡著之前，好好監視他就可以了對嗎？」
這位身穿西裝套裝的女性是和泉京香。她是我跟紗霧的監護人，現在一起在這個家裡同居中。

「可以……麻煩妳嗎？」

紗霧像是要跟她求助般說著。

京香姑姑跟往常一樣，用冷若冰霜的聲音——

「當然沒問題。」

回以溫暖的回答，這真是不禁發出微笑的家族對話。

不過這場家庭會議，看起來依然沒有我發言的權利。

「那個，我……」

當我保持跪坐的姿勢，像這樣想要稍微講句話的時候……

「你給我閉嘴。」

有如梅杜莎般的凝視立刻照射過來。

嗚哇……

「你這孩子真是的……我都已經那樣仔細叮嚀過說千萬不能亂來了……」

京香姑姑瞪著我的視線稍微緩和後，她輕輕地把單手擺在自己胸口。

「做好覺悟吧，正宗。就讓我來全力讓你撒嬌！」

很、很奇妙地顯得非常起勁……

「正宗，就是這麼一回事！今天你就在這個房間睡覺，知道嗎？」

事情不容分說地變成這種情況。

這裡是京香姑姑位於二樓的房間。

設有佛壇的和室——也是以前我的雙親所使用的房間。

現在有兩床棉被鋪好在裡頭。

「那個……京香姑姑，我想要在睡前再稍微處理一些工作……」

「不行，已經是小孩子該睡覺的時間了。」

京香姑姑乾淨俐落地斬斷我的懇求。

她剛洗好澡的睡衣模樣，散發出成年女性的魅力。

「雖然說你已經睡到中午了……但畢竟一直都在熬夜，所以還很想睡對不對？」

「嗯……這個嘛……是這樣沒錯。」

「那麼，今天也該睡覺了——我要關燈嘍？」

京香姑姑拉動繩子關掉電燈，接著能感覺到她躺進棉被。

無可奈何之下，我也只能鑽進自己的被窩中。

「……雖然事到如今也太晚了，但是跟京香姑姑睡在同一個房間還是讓我有點抵抗……」

能不能請她讓我回去自己的房間呢？

我是這麼想著才自言自語的。

而京香姑姑則用嚇呆的語氣回答說：

「？這是什麼意思？」

「不是，就是說……」

我的眼睛慢慢習慣黑暗。

就這麼躺著把身體轉向京香姑姑那邊時，她端正的臉龐模糊地浮現出來。

「……我姑且……也算是高中男生啊……跟女性睡在同一個房間裡頭，還是覺得……」

也許是發現我的意思，讓京香姑姑發出微笑。

「呵呵……還以為你想說什麼……我可是從正宗還是小嬰兒的時候就看著你長大喔？真是的……哎呦……不要害我想笑出來啦……」

看來她真的覺得很有趣。京香姑姑不停地笑著，平常（即使知道那並非本意）雖然是散發著恐怖氛圍的女性……不知為何現在卻沒有那種感覺，而是充滿安祥的氣氛。仔細窺探她的臉，甚至還能看見那微笑的模樣。

雖然知道她發笑的理由，但是我果然還是有些抗拒。身旁有個漂亮的大姊姊穿著睡衣躺在旁邊，會讓人很在意那胸口的狀況。

真希望她能把棉被再稍微蓋緊一點。

「不是啦，京香姑姑也許是那樣子沒錯！」

我在雙重層面上感到害羞，於是把內心話老實吐露出來。

「但我會感到臉紅心跳啊！」

「即使是一家人……也會這樣嗎？」

對京香姑姑來說，即使我睡在旁邊——雖然很理所當然——但她似乎不會把我當成異性看待。不過，從京香姑姑的角度來看，像我這樣的年輕男孩子看起來也跟小鬼頭沒兩樣吧。

「因為我之前一直都誤會京香姑姑，還一直避著妳。當然我現在有把妳當成家人……可是感覺上與其說是姑姑，還比較像『表姊妹的大姊姊』這種感覺。很普通地會當成異性看待，睡在旁邊的話……那個……會很緊張。」

「是、是這樣嗎？」

或許是我的害羞也傳染給她，京香姑姑也顯得有些慌張。

總覺得有點尷尬。

也因為如此，我焦急地覺得必須說些什麼來緩和現場氣氛。

於是就說出些多餘的話來。

「那個，而且啊……」

「而、而且？」

「在輕小說裡頭，有血緣的兄妹談戀愛是很普通的嘛。」

「！」

反應非常劇烈。

即使在昏暗之中，也能清楚看見京香姑姑滿臉通紅並且超強烈動搖的模樣。

唰砰！她抬起上半身。

「我、我才沒有喜歡哥哥！」

「咦？不是啦，我也不是在講京香姑姑跟老爸啊……」

「這這這、這我知道啦！」

這完全不是知道的人會產生的反應啊！

京香姑姑再次讓上半身躺平，像是要矇混般說：

「我要睡了！」

「好、好的。」

我們互相轉為背對背的睡姿。

房間裡轉為寂靜。由於幾秒前還在吵吵鬧鬧的，這樣無聲的情況變得更加顯著。

接著又過了多久呢？

也許是五分鐘或十分鐘。

我的背後突然傳來一道聲音。

「正宗，你還醒著嗎？」

「……是的。」

轉向京香姑姑那邊時，她也同樣正看著我。

「我……必須跟你道歉才行。」

「咦……為什麼要道歉？」

由於我真的不懂，所以這樣反問她。

「我原本以為，自己應該可以讓正宗再輕鬆一些。不管是煮飯還是打掃，我打算全部都要幫你完成……包含以前沒有為你們做的事情，這次要好好照顧你們兄妹倆……我原本是這麼幹勁十足地想著。」

……她是這麼想的啊。

「不過實際同居後才發現……我能為你做的事情實在太少了。不管是幫忙你的工作還是代替你為紗霧準備餐點，這些我都辦不到。」

「沒有這種事！妳也都有幫忙分擔家事了……再說如果京香姑姑沒有來住在一起的話，這次的同居根本就無法成立。」

這個同居計畫，是由於真希奈小姐「為了寫出好腳本」這個任性要求而開始的。

為了減輕紗霧必須跟不認識的外人同居的負擔，於是我們兄妹尋求值得信賴的家人——也就是京香姑姑來幫忙。

現在《世界上最可愛的妹妹》的動畫製作能順利進行，可以說都是京香姑姑的功勞。

我、紗霧還有真希奈小姐都是這麼認為的。

「真的非常感謝妳。」

「…………你真的都沒變呢。」

她微微嘆口氣。

「從你還是小孩子的時候開始……就老是說些像成年人的話…………以前，我非常討厭你的這種樣子。」

「……對不……」

「請你不要說對不起。」

京香姑姑的食指抵住我的嘴唇。

「因為這也是正宗你的優點……而且這是讓你不得不這麼做的，包括我在內的大人們該負起的責任。」

當我還小的時候，老媽──也就是我的親生母親──她過世了。

從那之後，我──和泉正宗開始過著單親家庭的鑰匙兒童生活。

為了消沉的父親，我拚命模仿母親所做的事情。

京香姑姑就是在說這件事吧。

「……實際上，我想哥哥是因為你才獲得救贖。」

「……是這樣嗎？」

「嗯嗯……真是個沒出息的父親。」

突然間，京香姑姑她──好像要挖苦不在這裡的某人般露出微笑。

「以前……我很討厭京香姑姑講老爸的壞話，但現在我總算明白了。」

「明、明白什麼？」

當我提起老爸的話題時，京香姑姑明顯變得有些慌張。

平常明明是那麼冷靜沉著的人……

這種落差真的很有趣，讓我忍不住笑了出來。

「正、正宗？」

「不，抱歉——」我忍住笑意說著。「意思就是，我明白當時的京香姑姑不是因為藐視老爸才說那些話的。」

因為她都用恐怖的表情與聲音在講話，才讓我長期這麼誤解。

「不如說……對了，像京香姑姑這樣的人在輕小說裡頭是被這麼稱呼的。」

「——傲嬌妹妹。」

「所以就說不是這樣了嘛！我……我可是最討厭哥哥了！」

「啊哈哈哈哈！」

對能打從心底撒嬌的人，像要捉弄對方般笑著。

我想大概就是這樣的情況吧。

雖然狀況不同，但是當時京香姑姑跟她哥哥的對話……

就是家族之間的親愛交流。

「真是的……不用連這種地方都跟父親那麼相像吧……」

「對不起。」

「唉……」

原本滿臉通紅的京香姑姑，此時露出嚴肅的表情。

「即使如此，當時我讓正宗感到害怕的這個事實也不會消失……玩笑話不被當成玩笑看待，忠告也變成恐嚇，一直遭受誤解跟白費力氣。認為是好事才去執行的事情，卻產生出最糟糕的結果——我這個人就是這樣子。」

不管何時都是如此，她如此說著。

「就算這樣——不，正因為如此……」

京香姑姑看著我的眼睛……

「你們兄妹要由我來守護。」

她……這份強烈的決心，是從哪裡產生的呢？

「……聊得有點久了。正宗，這次真的要說晚安嘍。」

跟她收養我們的理由，有什麼關係嗎……？

我沒有詢問這個問題。

隔天早晨，我由於感覺很不舒服而醒過來。

「……唔……呃……」

總覺得……呼吸困難。

是因為不是睡在平常的床上，而是睡在鋪好的棉被上頭的關係嗎……？

話說回來，我現在是用什麼姿勢在睡覺啊……？

用半睡半醒的腦袋思考到這邊，我才終於睜開眼睛——

「！」

最初先想到的是「我又是在作夢嗎？」這個想法。

我的頭被夾在京香姑姑胸前的雙峰之間。

她雙手纏繞到我背後，緊緊擁抱著我。

一股柔軟的感觸傳來。

「怎麼……京、京京京……」

——我、我應該是睡在分開的棉被上頭才對啊……！

跟紗霧完全不同，屬於成年女性的芳香讓我的腦袋一瞬間溶解。

當我眼神往上移，窺探京香姑姑的臉孔時。

「……嗯……唔……」

她似乎還沉浸在安祥的睡夢中。

然後……

「……哥哥…………呼……」

是聲嬌柔的喃喃低語。

老爸！老爸——！

你跟妹妹到底是什麼樣的關係啊！

這是會讓兒子想歪也無可奈何的情景與夢話啊啊啊！

「唔……嗚……！呃……」

不管怎麼說，讓這個狀況繼續下去會很不妙！非常不妙！

我為了想辦法逃離這位於天國與地獄之間的雙峰而扭動身體。

但是……

「……別想逃跑……我會……好好給你撒嬌的……」

幾乎還在睡夢中的京香姑姑發出像是惡作劇的聲音，巧妙地繼續把我拘束住。

或者說——緊貼程度又更加提高，感覺自己好像變成抱枕一樣。

「京、京香姑姑……稍微……離開……」

這種觸感……太糟糕了，力量整個流失。想要逃脫的意志也開始萎縮。

好像陷入無底沼澤一樣。

就在我幾乎要淪陷之前——

砰！房間的門被打開。

「征宗學弟，早安啊！今天的早餐是我作的——……喔？」

出現在此的人，是身穿圍裙的村征學姊。她這個充滿精神的晨間打招呼，在弄清楚狀況後就中斷下來——

「你們在幹什麼啊啊啊啊啊啊——！」

轉變為高亢的尖叫聲。

家庭審判在早餐前迅速展開。每個人的位置跟上次的審判相同，正面是妖精審判長，右邊是村征檢察官、旁聽人情色漫畫老師這種配置。

因為是早晨，所以愛睡懶覺的真希奈小姐不在場。雖說沒啥屁用，但這次連律師都不在了。

然後跪坐在被告席（地板）的人是我還有——

「『和泉京香與姪子同床共枕事件』的家庭審判現在開庭！」

「罪狀！違反都條例（註：東京都青少年健全育成條例的簡稱）以及其他各種淫行！」

「判決！有罪！」

咚咚咚！妖精審判長連續敲打著玩具槌。

「請、請等一下！這是誤解！」

還穿著睡衣，跟我一起跪坐的京香姑姑對判決提出異議。

「沒有反駁的餘地！這可是有目擊證人的！妳這……幸運色狼老太婆！」

「什……！」

不管怎麼說，這稱呼也太過分了。

京香姑姑明明還很年輕……這下子我有點能體會席德的心情了。

當然被這麼講的本人，也就是京香姑姑也不會默不作聲。

「竟然講出這麼觀感不佳的話來……！那只是剛好而已！」

「妳不都緊緊抱住他在睡覺了嗎！那樣也叫剛好而已？這樣子我也可以剛好緊緊抱住征宗學弟了吧！」

那當然是不行的吧！

「…………………………………………」

順帶一提，映在桌上電腦螢幕裡的情色漫畫老師正戴著面具保持沉默，這樣反而很恐怖。

妖精用玩具槌指著京香姑姑說：

「這可是──事件喔！還是真的挺需要通報警方的案件！」

「所、所以就說不是這樣了嘛！請妳們再一次仔細回想我們睡覺的『地點』！那個是──是正宗跑進我的棉被裡頭啊！」

「咦咦咦咦咦！」

沒想到竟然把皮球踢到我這邊來！等一下！拜託饒了我吧！

村征學姊露出「妳說什麼！」的表情並把頭猛力轉向我這邊。

「的、的確如此！仔細回想一下，他們兩人睡覺時的相對位置……想成是征宗學弟自己靠過去的會比較自然……！」

「征宗！到底是怎麼樣！」

「就算妳這麼問我也不知道啊！那可是睡著時發生的事耶！」

「話說回來，如果妳說的話真的屬實！那只要把征宗學弟推回他的棉被裡就好了吧！有必要就這樣一起睡下去嗎！」

「那是……因為……我也睡著了……而且也有想讓他撒嬌一下的心情……」

京香姑姑忸忸怩怩地說出這些話後，村征學姊跟妖精就更進一步追究。

這樣吵吵鬧鬧的交談持續一陣子以後——

「……所以？」

一道輕聲的低語，讓現場氣氛陷入凍結。

「結果……要怎麼辦？」

「那、那個…………」

「紗、紗霧？」

「這下子連京香也不行了嗎？要怎麼辦？」

咿啊啊啊～～～～～～～～～～！

現場所有人都開始顫抖。

紗霧明明只是小聲講話而已……可是聲音卻充滿魄力……

連梅露露的可愛面具，看起來都像是令人感到無比恐懼的詛咒物品。

我代表大家說：

「這、這個嘛……呃，那個啊……總、總而言之──」

「總而言之？」

嗚嗚嗚，妹妹的眼神好冰冷……！

「先保留！要問為什麼的話，因為今天接下來編輯部緊急叫我過去一趟！之後也立刻要在同一棟大樓裡頭參加腳本會議！所以……現在沒有空閒來討論這件事情！……那個……到晚上回來之前，我會想出一些方案的！」

我在迫不得已之下，採取全力爭取時間的方針。

「……我會不期不待等著的。」

吃早餐的時候……尷尬的氣氛也沒有消失。

神樂坂小姐緊急把我叫去的理由，是由於要簽寫大量的簽名。再加上還有幾項遊戲相關的事

第一章

項要進行確認……等這些全部結束之後，下午六點開始就要在出版社的大會議室開始腳本會議。

今天是七月三十日。

也是動畫版《世界上最可愛的妹妹》系列構成第二稿，還有第一話腳本的截稿日。

雖然很勉強才趕上——但總算平安完成了。

影印出來的文件，發到會議參加者的手邊。

參加會議的除了我這個原作者和泉征宗，還有動畫導演雨宮靜江小姐、腳本家葵真希奈小姐、製作人赤坂透子小姐，然後就是原作編輯神樂坂以及其他動畫製作小組的成員們。

今天的議題是關於真希奈小姐才剛交出的系列構成第二稿以及第一話的腳本。

首先大家先閱讀腳本。

經過一段時間後……

「……嗯。」雨宮導演點點頭。

「我看完了。」

由於她是個沉默寡言的人，所以我難以判斷這個反應是什麼意思。

不過……赤坂製作人以及動畫製作小組的成員們似乎都鬆了口氣。

這樣看來，感覺好像很不錯。

緊繃的氣氛也明顯變得緩和。

然後身為原作者的我也感受到很不錯的手感。

——很好！不愧是真希奈小姐。這樣就能放心了——

上個月腳本家一度要換成別人——當這件事被提出來時，自己還膽顫心驚到不知道會變成怎麼樣……現在確實有往好的方向發展。

雨宮導演平靜地瞇起眼睛，看著真希奈小姐。

「……那麼……接下來將開始提出一些意見。」

腳本會議正式開始。

然後——

我和導演提出幾項修正案還有需要確認的事項，由於都是現場就能修正的程度，所以真希奈小姐立刻重新交出腳本。

系列構成第二稿這邊也有進行討論，不過結論就是這邊沒有需要修正的地方。

「那麼，這已經可以當成最終稿了……就這麼決定。」

赤坂製作人一邊發出咚咚聲把文件整理好，同時這麼說著。

雨宮導演也用遲緩的語調慰勞真希奈小姐。

「……真希奈，辛苦妳了。這種步調……很不錯呢。」

「還好啦~~~♪很有趣對吧！這次我也很有自信呢！再說跟正宗先生開始同居以後，創作意欲就不斷湧現！每天都愉快到不行啊！」

「呵呵呵……那真是太好了呢，葵老師。」

赤坂製作人像是幕後黑手般抿嘴笑著。

「看來應該能贏過決定要在相同時期播放的那個作品吧？」

「哎呀，這贏定了嘛！我真希奈是最強的！那個特地寄影片來挑釁的貧乳真是活該！中二病量產機活該去死！抱著闇黑之炎大爆死吧！」

真希奈小姐還模仿競爭作品的招牌姿勢，然後講些致敬台詞誇耀勝利。

根本完全忘記自己講過「明明都還沒開始少在那得意忘形」這樣的話了。

還有充滿最終頭目風格的赤坂製作人也一樣，這真是群值得信賴的人渣……不對，是製作群才對。

在真希奈小姐的公寓看到的訊息影片。

送來那段影片的那位女性，該不會是想要激勵最近沒有什麼表現的真希奈（勁敵）小姐，才會用那種充滿挑釁的語氣講話吧——我是這麼想的。

所以才能讓真希奈小姐像這樣毫不猶豫地全力復仇。

跟這個人同一個陣營雖然感到十分安心，但也感受到同等程度的良心苛責。

同期播放的其他動畫作品是「白」。

我們《世界妹》製作群是「黑」。

「白」與「黑」感覺徹底區隔開來。

我現在是不是為了實現夢想，而身處於「邪惡的漆黑」之中呢？

擁有邪惡天才腳本家，奉賺錢為最大正義的動畫製作公司。

製作的是戀愛喜劇輕小說改編的動畫。

然後目前保持優勢。

如果這是部描寫工作現場的作品，完全就是反派角色的陣營吧。

雖然也無所謂就是。

只要最後能讓妹妹展露笑容——光是這樣就算是我的完全勝利了。

為此，不管是黑是白都無所謂。甚至是邪惡陣營也沒關係。

我打從心底這麼想。

總而言之，距離動畫播放還有九個月——動畫製作初期階段的腳本寫作，以目前來說算是有順利進行。

真希奈小姐邊搖晃著豐滿的胸膛邊指著我。

「正宗先生，就是這麼一回事！為了痛宰那傢伙一頓，第二話就麻煩原作者來撰寫腳本了！」

「咦咦咦！妳突然講出什麼話來啊！」

「雖然系列構成上頭也有寫，但第二話勢必要改動不少原作內容，所以我希望交由原作作者來撰寫。」

她瞬間露出一臉認真的表情。

「這樣絕——對！會變得更棒！拜託你了！」

「我根本不懂得寫腳本喔！」

「沒問題的，絕對寫得出來啦。你應該有在一旁看過我寫腳本的情況吧？只要照那種感覺來寫就好。」

「出～～～現～～～啦～～～」

「什、什麼啦！」

我邊扳著手指頭邊告訴她：

「前輩創作者常做的事情其一——不管什麼事都講得好像超簡單一樣。」

「唔唔。」

「前輩創作者常做的事情其二——自己能做到的事情，就理所當然地認為其他人也能做到。」

只要照那種感覺來寫就好。

大家都這麼說。

但對方心裡都是「誰辦得到啊，白痴！」這種想法，所以各位還是多注意點比較好。

「不不不！一定可以的啦！你不要那麼謙虛嘛！」

「這不是謙虛——當然規格形式我都知道，也一直有在預習跟練習，『撰寫腳本』這件事應該是辦得到。但是，我沒有自信可以寫出比真希奈小姐更優秀的腳本來。」

小說家跟腳本家所需要的技能雖然有一部分重疊——但基本上還是完全不同的職業。

這不是突然叫非專業人士的輕小說作家來寫，就能夠順利寫出來的東西。

原作者來寫會比較好……或許有人會一派輕鬆地這麼講，但我認為這樣能否寫出優良腳本實在很難說。

一年前我跟紗霧再次見到面的時候，自己也曾經先偷跑寫出動畫的腳本來。

現在重新拿出來看，那內容真是有夠糟糕。

「那是當然的吧！如果你能寫出比我更好的腳本，那就不需要我啦！而且也不會要你在第一稿就寫出比我更優秀的腳本來啦！」

真希奈小姐對抱持疑問的我這麼說。

「腳本會議上齊聚了包括我在內的眾多專業人士。只要我們好好討論、修改，最後能完成比我更棒的第二話腳本就好啦。我認為身為原作者的你，絕對可以辦到的。」

她迅速探出身體，把角色設定資料推到我面前。

「最了解這群孩子們的人，畢竟還是你嘛！作為腳本家的經驗由我們來補足，為了讓原作沒有的場景變得貨真價實，我希望由你親手把『靈魂』灌注進去！」

滿溢而出的熱情彷彿化為狂風，轟隆作響地直吹而來。

「那樣會讓動畫變得更棒嗎？」

「那當然！」

……既然她都說到這種地步。

「我明白了……就讓我試試看吧！」

也只能作好覺悟，這麼回答。

我的創作意願猛烈提昇，同時在內心熊熊燃起。

好……很好，讓我來寫吧！現在正是讓預習的成果在此發揮的時刻！

「就是要這樣才行！所以啦，下星期的討論議題就是正宗先生所寫的第二話腳本！請多多指教喔♪」

「也請葵老師妳馬上開始著手撰寫第三話的腳本。」

「…………是、是的。」

真希奈小姐也被赤坂製作人徹底警告。

「和泉老師，可以請你留下來一下嗎？」

腳本會議結束之後，正準備回去的我被神樂坂小姐出聲留下。

「好的，有什麼事情嗎？」

「有很多事情要跟你討論一下，主要是關於工作時程方面……」

「啊——好的，我明白了。」

神樂坂小姐坐在椅子上，面向筆記型電腦的畫面。

她視線保持不變，揮動手指把我叫過去。

我照她的手勢靠過去後，她立刻說出這樣的話來：

「其實關於和泉老師的工作時程，情色漫畫老師寄來一大堆顯得非常生氣的郵件喔。」

「喔。」

能想到的事情實在太多了。

「簡略來說就是『那傢伙的工作太多了！快想想辦法！』這樣的內容。還很亂來地說出『中止個兩項進行中的企畫吧！』這樣的話。」

從她那種發飆的情況看來，我也覺得會講出這樣的話。

比如說，現在時程上最危險的遊戲相關工作——

「我姑且詢問一下……要中止應該是……不可能的吧？」

「雖然很哀傷，但他們可是贊助商呢。只要動畫的製作委員會裡頭有掛上遊戲廠商的名稱，就必須把遊戲製作出來才行！」

「真的假的？」

「當然是千真萬確的啊！就算你去問其他編輯也真的都會這麼說喔！所以啦，請你理解不只是遊戲，衍生商品的監修或是新撰寫的文章都等同是原作者義務。你沒有拒絕的權力，請絕對要完成。」

這是想要騙我上當時的說話方式呢……

話雖如此，但是為了「夢想」也為了原作書迷，這些工作還是完成會比較好。

而且……

「我個人對於遊戲化是真的非常開心，既然要作的話就希望能作出有趣的遊戲來。而且既然已經參與了，也不能在途中放棄。我會確實負責到最後一刻為止的。」

「是啊。所以得要想辦法讓情色漫畫老師可以接受這件事才行——總而言之，請你看看這張表格。這是表示和泉老師工作時程現況的表格。」

神樂坂小姐列出來的，是用表格軟體製作出來的工作時程表。

現在進行中的複數個企畫，都有各自顯示出下次的截稿日期。

跟和泉征宗有關的企畫如同左邊所寫的。

原作小說《世界上最可愛的妹妹》。

動畫《世界上最可愛的妹妹》。

掌上型主機ＡＤＶ遊戲《世界上最可愛的妹妹》。

手機遊戲《世界上最可愛的妹妹》。

比較重大的工作，就是這四項。細微的工作方面，由於說明起來很麻煩所以在此省略。

重要的是，接下來的截稿日期全部集中在八月裡頭。

「這些截稿日期能不能錯開呢？」

「雖然靠我巧妙的交涉技巧是能夠錯開，但是最後期限不管哪個企畫都幾乎一樣喔。要問為什麼的話，由於這些企畫全都是配合《世界上最可愛的妹妹》動畫版在進行。大家都想跟著動畫上映的時期播放廣告，然後在促銷效果結束前發售。除非有什麼重大的理由，不然是不可能延期的。」

「也就是說？」

「製作期間會完全重疊也是必然的狀況，所以放棄吧！」

真是充滿氣勢的結論。

「……那這樣，我想情色漫畫老師應該不會接受。以我的立場來說，也不能繼續讓妹妹擔心下去。」

「雖然這麼說，但你剛才又給自己多增加一項工作了喔？」

「是、是這樣沒錯！但那是——」

「你判斷那是無論如何都必須去做的事情對吧？這我明白——所以也就沒有阻止你。然後！」

神樂坂小姐操作筆電，亮出新的表格給我看。

「請你看一下！在我巧妙的交涉技巧下！總算成功把手機遊戲的工作錯開到九月去了！」

「喔喔！神樂坂小姐妳好厲害！偶爾也會做些像是編輯的事情呢！」

「哎呀～和泉老師你不要這麼誇獎我嘛！要花言巧語哄騙那些傢伙，對我這個如此能幹的編輯來說根本易如反掌！」

這是段不能給客戶聽見的對話。

「然後……這是我在八月時的新工作時程表嗎？」

看過表格之後，我說出自己的感想。

「呃……是我看錯了嗎？下個星期的工作好像反而增加了？」

「是增加啦。代替錯開到九月的工作，我把剛剛隨口答應的腳本工作，還有另一個我接下來的工作放進去了。相對地，只要撐過下個星期暫時就沒有什麼很趕的工作，所以請你努力到那時候。和泉老師的話應該很輕鬆吧？畢竟是暑假也不用去上學。」

「我只有小說寫很快，其他不是我專門的工作一樣很花時間啊！再說——我們家目前可是正在發布『熬夜禁止令』耶！」

「即使如此——我還是深信和泉老師一定能辦到！這點程度的危機，你過去不也是跨越過好幾次了嗎！」

「少給我講那種膚淺的精神論啊啊啊啊！」

妳是從哪部輕小說引用的啊！至少用自己的話講出來呀！

「講認真的，能不能按照我製作的時程表進行，應該會讓和泉征宗這個作家的命運產生變化。扣掉村征老師這個例外，我們文庫在第一線活躍的超人氣作家老師們都曾經陷入過跟和泉老師現在相同的狀況，然後在一番苦惱之後跨越難關。」

開玩笑的神色從責任編輯臉上消失，她的視線筆直地看著我。

「所有人都是如此。因為如果不能跨越這道難關，就無法成為超人氣作家。最前線就是如此嚴苛。不只是動畫版，對《世界妹》這個作品而言也一樣，請你想成下個星期就是如此重要的局面。」

「…………………」

我也沉重地理解她所說的話。

「雖然也能理解你的私生活發生許多事情——但只有下星期，不管是家人生氣還是被戀人甩了，都請你無視這些事情。你應該要把『熬夜禁止令』解除，將所有工作徹底完成。這是我對一生沒有幾次的機會已經來到面前的負責作家，打從心底提出的建議。」

她用惡魔般的笑容說：

「和泉老師，您意下如何呢？」

「我回來了——咦，嗚哇！怎麼了！」

剛回到家的我，還來不及脫鞋子就被充滿殺氣的女性們包圍起來。

「征宗，本小姐從真希奈那邊聽說了！到這種地步還要撰寫腳本——你真的是白痴嗎！是要攬多少工作在自己身上啊！如果一個人弄的話可是要花掉一個月以上耶！」

妖精這麼說著。

「你真的是個大蠢材！這下子工作不是比出門前還要更多了嗎！」

村征學姊這麼說著。

「真受不了！你是無能的業務員嗎！」京香姑姑這麼說著。

從妖精拿著的平板電腦裡，紗霧也像是要作出最後一擊般……

「真是的……哥哥你這笨蛋！」

像這樣痛罵我一頓。

在這緊繃的氣氛裡，我向前走出一步。

所有人的視線都集中在我身上。

面對為了我而發脾氣的大家，我——

「讓大家擔心真的非常抱歉！」

深深地低頭鞠躬。

現在，我和泉征宗——內心懷抱著巨大的糾葛。

為了實現夢想，無論如何都必須將下星期的工作完成。

但也不能讓紗霧跟大家繼續擔心下去。

這兩件事無法完全並存。

——但只有下星期，不管是家人生氣還是被戀人甩了，都請你無視這些事情。

——你應該要把『熬夜禁止令』解除，將所有工作徹底完成。

所以我不停煩惱又煩惱，思考又思考之後——

做出這樣的決定。

「但是！再一個星期就好——請跟我一起努力工作吧！只有我自己一個人的話我不知道會多亂來、熬夜多少天……不這麼做就無法完成工作！但我已經不想再這樣子了……！所以請讓我毫不客氣地，借用大家的力量吧！」

「……征宗……你……」

妖精用驚訝的眼神看著我，村征學姊還有京香姑姑也一樣。

我這麼毫不隱瞞地想借用他人的力量……還真的是第一次。

因為我認為不做到這種地步就無法成功。

既然只靠自己的力量不夠的話。

那不只是一起工作的企畫小組成員，就連家人跟朋友的力量都要盡可能地借用。集結所有肯站在自己這邊的人所有的力量，來面對這部作品的創作。

等一切都結束之後，再來償還這莫大的恩情。

雖然是很沒出息的結論……

但這對我而言就是投注全力的戰鬥——所謂的使出全力，就是這麼一回事。

「然後只要能跨越這個星期的難關……到時候……」

「請讓我全力來好好休息！」

「………………………………………………………」

……………………………………………………

沒有回應，現場充滿寂靜。

依舊低著頭的我，無法得知她們露出什麼表情。

就這樣又經過一段時間以後……

咚……咚……下樓梯的聲音響起。

接著一道如夢似幻的聲音直接傳來，而非透過平板電腦聽到。

「你真的……就……不會……再熬夜了？」

「……嗯，不會。」

「……每天……都會……好好睡覺？」

「……嗯。」

「看著我的眼睛說出口。」

紗霧把臉靠過來。

我抬起頭，仔細注視著她的眼睛。

「我絕對不會讓自己倒下——一定會好好管理身體狀況。」
「……這樣啊，那就好。」
紗霧露出慈愛的微笑。
「結束以後，讓我們一起休息吧。」
「是啊！可不只是一天喔……！我會放滿整整兩天的暑假——這段期間，不管誰來說什麼我都絕對不會工作！」
我緊握拳頭如此宣言。
這時候，默默看著我們交談的妖精發出嘆息並插嘴說：
「『放滿兩天暑假』這句話給高中生說出來，還真是充滿黑暗的台詞呢……」
「不過，光是他會自己說出『休息』這兩個字，應該算不錯了吧？」
村征學姊也安心地鬆口氣，並且這麼說。
紗霧轉向妖精與村征學姊，低頭鞠躬說：
「小妖精、小村征……我也拜託妳們。請幫哥哥的忙。」
「妳不需要再跟我們重新講一次，原本我們就是為了幫忙征宗學弟才會在這裡的。」
「就是這麼一回事。」
妖精毫不拘泥地把手擺在紗霧肩膀上。
「那就來幫忙到最後一刻吧！雖然身為超級暢銷作家的本小姐也沒有很閒！老實說本小姐自

己的截稿日期也滿危險的！但是既然被你們兩人拜託了嘛！就只能讓本小姐來為你們全裸啦！」

用妖精語來翻譯的話，大概就是「助你一臂之力（強）」的意思吧。（註：助一臂之力的日文字面上帶有脫衣服的意思。）

村征學姊在紗霧身邊看著我。

「關於遊戲劇本的部分……我已經寫好一個路線了喔。來，請你馬上來檢查一下。讓我們創作出讓所有《世界妹》書迷欣喜若狂，最美好也最優秀的遊戲來吧。」

「妖精……村征學姊！」

「當然，我也會比之前更努力協助你的。」京香姑姑這麼說著。

「京香姑姑、大家……！」

我身體不斷顫抖，忍住感激的淚水。大家突然笑著對這樣的我說：

「啊～征宗學弟，你不用每次都這麼感動啦。」

「對啊～對啊～這種對話是第幾次了啊？」

「不管第幾次，感動的時候就是會感動嘛！真的很感謝大家！」

「好啦好啦。等你放假休息時，也要陪本小姐玩喔。」

「給我的報酬，用你的小說支付就好。當然，等你閒暇時再寫就可以了。」

在這種有如青春漫畫的交談之中——

「啊，正宗先生～鬧劇差不多結束了吧？第二話的腳本寫完時請你說一聲喔♪等我把它讀完以後，就會開始撰寫第三話了～」

「「給我現在就開始寫！」」

最後是真希奈小姐很一如往常地下了個搞笑的結尾。

人生當中最忙碌的一星期就此開始。

「好啦啊啊！今天一整天我也要好好加油咧！」

「征宗！本小姐確認一下！這星期非完成不可的工作是什麼？」

「遊戲劇本監修、原作小說第六集修正跟第二話腳本初稿！」

「優先順序呢！」

「就剛才說的順序！」

「那個被責任編輯加進來的工作呢？」

「那個因為是小說，所以我已經寫完了。」

「……這邊還是跟平常一樣快呢。」

「現在紗霧應該正在繪製那個工作的插畫才對。」

「那孩子也很勤奮呢～情色漫畫老師也有負責動畫版角色設定的原案以及監修對吧？」

我在大家的幫忙之下，以猛烈的氣勢處理工作。

這跟過去那種連續熬夜好幾天的情況——並不一樣。

第一章

好好吃飽，認真工作，好好睡一覺，再繼續工作。

這是非常健康的循環。工作的時間雖然減少了，但是效率本身卻有所提昇。

自己一個人要花上一個月以上的工作，轉眼間已經一個個被處理掉。

今天我也在二樓自己的房間裡努力工作。

「村征學姊！關於請妳寫的遊戲劇本——」

「很有趣對吧？」

「是很有趣沒錯！」

我毫無顧忌地拜託她。

「不過這無法當成遊戲劇本，所以請妳修正一下！」

「什麼！這是什麼意思！」

「我們平常在寫的直行書寫小說，跟ＡＤＶ遊戲的劇本在表現形式上是不同的。這次的情況是採用橫向書寫，以每次三行的形式表示在畫面下方的視窗裡頭。」

「哼嗯，所以呢？」

「如果用直行書寫小說的想法來撰寫，那會非常難以閱讀。學姊有在網頁上閱讀過小說的話應該也知道吧？比起橫向書寫，日文的文字更適合縱向書寫。雖然也不是說使用橫向書寫不好，但就是不適合。遊戲劇本也是一樣。」

「原來如此……繼續說下去。」

今天不管是小說投稿網站也好還是部落格也好，把文章整頓得很方便閱讀的功能都是標準配備，所以意識到版面排版的機會可能也因此減少。

即使如此，網路作家或是網路小說應該都有非常深刻的實際體驗。

橫向書寫的文字，在運用上要特別注意。

版面如果沒有仔細排版，會讓有趣程度減少許多。

「橫向書寫的日文文字，光是在一行裡頭塞進許多文字就會變得難以閱讀，如果直接換行還會讓閱讀性更加降低。視線會左右大幅度搖擺，因而把文字看漏掉。就像這樣，還有其他各種訣竅——」

「——讓本小姐來說明吧。」

妖精從旁邊接續我漫長的說明。

「由本小姐來調教村征撰寫遊戲劇本的方式，你去處理自己的工作吧。」

「嗯，這樣啊……那就交給妳啦，妖精學姊。」

「交給我吧，學弟。」

妖精拍拍自己的胸膛。

「妖精妳這傢伙！不要把我當成黑猩猩看待好嗎！」

「好啦好啦，如果是人類的話半天就能學會了吧。本小姐把親自監修的《爆炎的暗黑妖精》遊戲拿給妳，只要看那個遊戲來學習就好。」

「那款遊戲的話，之前原作者本人把樣品直接塞給我，所以已經玩過了。」

「的確有這麼一回事呢。那這樣很簡單——照那種感覺來寫吧。」

看吧，出現了。就照那種感覺來寫吧。

我對困擾到皺起眉頭的村征學姊說：

「也真的很感謝村征學姊呢，妳寫的劇本超有趣的。如果只靠我一個人，就沒辦法進行這麼有手感的監修了。」

「……沒關係。不如說，反而是我想要道謝說感謝你們肯讓我幫忙。也必須感謝允許我突然跳進來參加監修的遊戲廠商呢。」

就這樣。

我們確實將工作一一解決掉。

以前全部由我一手包辦的家事，現在也請大家幫忙分擔。

料理是妖精，洗衣服是京香姑姑，掃除則是村征學姊這樣的分配。

老實說，這樣子真的空出不少工作用的時間來。

晚上十一點就回到房間趕快睡覺。

如果問說之前吵半天的房間分配，最後到底怎麼樣。

在家庭會議討論的結果——決定是我跟紗霧住同一個房間，但要分開來睡。

床鋪給紗霧使用，而我在旁邊地上鋪棉被睡覺這種形式。

這是考量到紗霧堅持「要自己監視哥哥」的意願，所採取的折衷案。

但要附加上「房間的門鎖要打開」這種條件。

「……房間沒有鎖上的話，會非常不安也無法冷靜下來……」

紗霧雖然很有家裡蹲風格地面露難色，但最終還是答應這個條件。

她很可愛地嘟起嘴唇……

「那這樣……如果有『想把我拖出房間的某人』跑進來，哥哥要好好保護我喔。」

說出這樣的話。超可愛的！就算半夜有惡●古堡的暴君來襲，我也絕對會守護她！

「……呼。」

總而言之就是這樣。

跟喜歡的人睡在同一床棉被裡——我總算是平安逃離這種狀況。

像之前那樣驚人的起床情景如果持續下去，我的精神會磨耗殆盡的。

所以，這樣就好了吧……不過也稍微有一點點遺憾的心情。

「那要睡覺嘍……晚安，紗霧。」

「晚安，哥哥。」

關掉電燈，閉上眼睛。充實的疲憊感充滿在身體裡頭。

不久後，我的意識緩緩向下沉澱……

——並不是住在一起，就能夠稱為家人。

以前妹妹曾經這麼說過。

……現在的我們，已經成為家人了嗎？

「……征宗……快點醒來……征宗。」

細微的低語聲，從我右耳響起。

「唔……嗯……」

我──和泉征宗有著不管多麼疲勞，到了早晨就一定會自己醒來的體質。

所以既然是「有誰來把自己叫醒」的話，那代表現在還是半夜吧。

正當半睡半醒的腦袋思考到這邊時……

啪，我的臉就被用力拍打。

「好痛！」

我忍不住出聲，同時意識也迅速清醒過來。

想說發生什麼事情而睜開眼睛時，出現在那邊的是──

「妖……唔姆！」

「噓……安靜點。」

侵入者用手捂住我要放聲大喊的嘴巴。

對方的真面目就是妖精。她在不知不覺間躺到我的右側，從同一條棉被裡頭露出臉來。

「……妳要幹麼啊。」

當我小聲詢問，她露出燦爛的笑容。

「那當然——是來夜襲的啦！」

音量雖然放低，但卻還是非常響亮的聲音。

「妳、妳說什麼？」

「難得都在進行同居劇情了，當然不可能就這樣一直只有工作吧。呼呵呵……為了打開『不敞開的房間』的門鎖，你知道本小姐佈下多少道計策嗎——而現在機會終於來到本小姐手中啦！」

「給、給我回去自己的房間啦，萬一紗霧醒來的話……」

「正因為這樣啊！睡在喜歡的人旁邊這種情況，你不覺得這根本就是對人說『來吧，快把我的愛人搶走吧！』的這種情節嗎？」

「妳那是什麼莫名其妙的理論……」

不要講這種閱讀電擊文庫的國高中生聽不懂的梗啦。

「快點回去啦！」

「不行，應該說沒辦法了。」

「為何啊？」

我這麼一問，妖精立刻浮現出大膽無畏的笑容。

接著她在棉被裡偷偷摸摸地不知道在幹麼，然後有如變魔術般把「那個」拿出來。

「來，征宗。這個給你喔♪」

是衣服。

「什……！」

那是睡衣，也是妖精平常睡覺時在穿的衣服。

這東西從棉被裡頭拿出來就代表——

「妳、妳這人！妳這個人！」

「因為現在，本小姐可是全裸的喔！」

從口中講出爆炸性發言的同時，這次是把襪子從棉被裡頭丟出來。

接下來……她把身上穿的東西，依序丟到棉被上頭。

這樣子我就沒辦法硬把她從棉被裡頭趕出去。

「……這是什麼狀況……」

雖然應該是充滿情色的情景，但事情太過突然讓我腦袋跟不上啊！

妖精在我耳邊妖媚地低語說：

「呵呵呵……本小姐可是個不會疏於預習的女人——男孩子們應該都很喜歡這種情境吧？」

「妳是參考什麼東西啊……」

「還是說要再貼上愛心型的胸貼會比較好？」

「妳是參考什麼東西啦！」

那種東西不管露出程度多高，都絕對會讓人笑出來啊。

「那種東西是無法誘惑我的！」

「哎呀，這樣啊。不過這可很難說喔……畢竟在這麼緊密接觸的情況下，我想應該沒有男性可以抵抗才對。」

她呵呵笑著。

充滿玩笑話的交談瞬間轉變。

明明是跟往常沒兩樣的笑容，但在這昏暗之中……看起來就像是淫魔的微笑——

「……唔……嗚。」

即使我扭動身體想從棉被裡逃脫，她也先用手纏住我的腰——

「————」

啊啊啊啊啊！柔軟的觸感……要讓腦袋變白痴了……

正當我快淪陷於邪惡的淫魔手中時。

轟隆轟隆轟隆——有某種東西伴隨著這道聲響，從床上滾下來。

然後掉在妖精身上。

先是發出咚磅這種鈍重的聲音，然後……

「嗚嘎！」

不像是女孩子所發出的慘叫聲響起。

有個屁股砸在臉上，的確會發出這種聲音吧。

「……根本不能粗心大意。」

對妖精的臉使出強烈臀部坐擊的人，當然就是紗霧。

「……紗、紗霧……妳……醒來了嗎？」

「因為哥哥的聲音很吵……而且我也猜想，大概是今天會跑來吧。」

自己只是裝睡而已，紗霧這麼說著。

「是、是這樣啊……」

好危險！真是太危險了……！如果真的被妖精誘惑，現在就……！

我打從心底安心地鬆口氣。

「我來把小妖精丟出去，哥哥你閉上眼睛。」

「……是。」

咦？丟去走廊？就這樣全裸的狀態？

「你有什麼話想說嗎？哥哥。」

「沒、沒有……」

我重新體會到。

看來我的妹妹只要窩在「不敞開的房間裡頭」，她就是無敵的。

八月三日——遊戲劇本監修完成，提交。

八月四日——原作小說第六集修正完成，提交第二稿。

然後，八月六日晚上十點三十分——

「唔喔喔喔喔！完成啦————！」

我在自己房間的中央大喊著。

動畫第二話，原作者腳本回的第一稿完成。

啪啪啪，在一旁拍手的是妖精與村征學姊。

「監修、腳本、原作……真虧你能在一個星期內全部完成呢。真不愧是超快筆（Speed Star）的能力者。」

「真是完美，征宗學弟。」

「這不只是我的力量！是大家一起完成的！」

我再度跟擔任助手這兩人用力握手。

「呵呵，不過這也不代表工作全部都解決掉了就是。」

「最近已經沒有東西要截稿了吧？暫時可以先說聲辛苦你了。」

「好好休息吧。」

「是啊……！」

因為我跟紗霧約好了。

我整個人仰向倒進床上，緩緩鬆口氣。

「好耶！我要全力休息啦——！」

從明天起，我的暑假就要開始了！

第二章

就這樣，休假開始啦！

《世界上最可愛的妹妹》動畫化發表後持續至今的死亡行軍終於到達一個段落，讓我懷抱著清爽的心情入睡。

隔天早晨。

現在大家剛吃完妖精做的美味早餐。

平常的話，現在是由我來清洗餐具的時候。但是被妖精說「讓本小姐來洗吧」給拒絕了。充滿家庭感覺唰唰水聲，正從廚房傳來。

客廳的沙發上，村征學姊正在撰寫小說。

京香姑姑現在剛好出門去工作。

紗霧應該是在自己房間繪製插畫。

真希奈小姐正在睡回籠覺。

至於我，現在正充分享受著「許久沒放過的假日」——

「嗚哇啊啊啊啊！休假到底要做些什麼才好啊——！」

——這當然是沒辦法。

我站在客廳抱頭大喊。

洗完餐具的妖精邊擦手邊靠過來說：

「征宗又喊出這種充滿黑暗的話來……去睡個回籠覺不就好了嗎？畢竟是難得的休假嘛。」

村征學姐也把頭從筆記本上微微抬起來偷瞄著我。

「就是這樣子，征宗學弟。你昨天晚上不是才宣言過要『全力來休息』還有『要打混摸魚度過一整天』的嗎？快點回房間去吧。」

「是這樣沒錯啦。可是平常的習慣讓我睡不著覺……回籠覺要怎麼睡才好啊？忙碌的時候雖然很憧憬，但真的要我去睡時感覺好困難耶？」

「要不要問問看睡回籠覺的行家？要的話我去把她踹醒。」

村征學姊給真希奈小姐取了好誇張的綽號……

妖精也困擾地露出苦笑。

「雖然是這麼說，但這真的是習慣呢～像你這樣每天都晚睡早起，乾脆俐落地又是做家事又是處理工作的傢伙——突然說因為是休假就要你睡一整天，可能也是無法辦到的事情吧。」

「喔喔，原來怠惰也是需要練習的啊。」

村征學姐點頭稱是地接受這個說詞，而我則是雙手不斷發抖。

「光是餐後休息的這幾分鐘，感覺就已經閒到發慌了。我的腦袋跟平常一樣，已經開始模擬把家事用最快速度解決，然後立刻開始工作的流程了耶。」

「不管是清洗餐具、洗衣服還是打掃，本小姐已經全部做完了。」

「你什麼事情都不用做也沒關係。」

「嗚哇啊啊啊啊啊啊啊！沒事情可做根本無法冷靜下來啊～～～～～～～～！」

雖然當然明白她們兩人是在為我擔心。

但是養成的習慣被禁止，比想像中來得痛苦。就像被命令說「今天不准碰手機」一樣地焦躁。

「啊——吵死了。你今天早上就像是才剛退休的老爺爺一樣呢。」

「嗚嗚……說真的，這該怎麼辦啊。要不要把錯開到九月的手機遊戲工作，現在提前來弄一弄好了……」

「快住手，你這笨蛋。」

「這種行為就叫本末倒置喔。」

村征學姐&妖精訝然地吐槽我。

「可是啊……」

「為了從後天開始可以全心全意地工作，你今天就全心全意地休息吧。」

妖精說得沒錯。

「這道理我自己也知道啦。」

「那不然要來玩『文明帝國6』的多人對戰嗎？選狹窄的地圖，然後本小姐要用阿茲特克或者是蘇美。」

「雖然那款遊戲我不熟，但也知道妳很惡意地設局想要來虐新手。」

「呵呵，看來征宗你越來越理解本小姐的作風了呢！不愧是我未來的夫婿！」

「難得的休假日，為什麼我還得被妖精在遊戲裡打得落花流水啊。」

「那不然，講些別的點子出來吧。嗯──對戰遊戲的話，不管那一款都會是本小姐壓倒性的獲勝呢～村征有什麼想法嗎？」

「說得也是……哼嗯，玩個寫小說的遊戲如何？妳看，就像之前那樣的。」

所謂「像之前那樣的」是指以前大家撰寫接龍小說當作娛樂時的事情吧。

「那個好有趣呢──」

村征學姐臉頰泛紅，露出掩不住喜悅的表情。

「唔，被迫接下超亂來爛攤子的痛苦回憶又再次湧現……」

另一方面，妖精則面帶苦澀地皺起眉頭。

「再說啊，不要連放假的日子都在寫小說好不好。雖然是很有趣沒錯啦，但是這樣子沒辦法讓到昨天為止都一直在寫小說的征宗好好休息。」

「是嗎？這種時候正應該寫些屬於自己興趣的小說來當成消遣吧？」

妖精跟學姊看法不同的地方還真有趣。

「不過，我也想用『撰寫小說』以外的方式來度過今天的假期。」

雖然撰寫屬於自己興趣的小說真的很有趣呢。

只不過……用那種方式來休假時，保證會被紗霧跟妖精冷眼看待。

所以今天還是算了。

「話說回來，征宗學弟平常都怎麼度過休假日呢？」

「唔嗯——星期天就是工作……然後是打掃還有洗衣服……」

「我是問工作跟做家事以外的。」

「因為已經好一陣子沒有休假的關係，我想不起來自己以前休假時都在做些什麼……」

以前的我，到底都是怎麼休假的呢？

這我真的不記得了。

「這真是……病得不輕。」

村征學姊顯得退避三舍。

聽到這段對話的妖精，噗哧地笑著對我說：

「你一到休假的時候，就會開始對我們性騷擾喔。」

「「咦咦！」」

突然從旁插進來的這句話，讓我跟村征學姊都放聲大喊。妖精手上也在不知不覺間拿著已經開機的筆記型電腦。

映在畫面上的，是沒帶面具的紗霧。妖精向紗霧尋求同意。

「對不對啊？情色漫畫老師？」

「嗯……小妖精說得沒錯。」

「連情色漫畫老師都這麼說！」

「人家不認識叫那種名字的人……不過，既然忘記了就讓我來提醒你。」

「對呀。本小姐來讓你想起來吧——征宗在還沒有那麼忙碌時……是怎麼樣度過休假的。」

就這樣，紗霧與妖精開始述說起「過去的我」……

＊

……那是在去年的秋天，和泉征宗初次撰寫的戀愛喜劇系列小說《世界上最可愛的妹妹》剛開始進行沒多久時發生的事情。

某個假日的午後。我在妹妹的房間——通稱「不敞開的房間」裡頭，跟妹妹面對面坐著。我單手摀住自己的臉，擺出「懊惱的姿勢」說：

「好困擾。哀呀～好困擾啊。好困擾喔～」

「…………哥哥，你那是什麼裝模作樣的姿勢？」

穿著睡衣的紗霧以極度冰冷的眼神看向我。

她的聲音小到即使戴上耳麥擴音後還是只能勉強聽見。

「……不是有事……要找我……商量嗎？」

就是這樣。平常幾乎不會讓我進房間的妹妹，只要我說要「商量工作」——就會像這樣勉為其難地讓我進到「不敞開的房間」裡。

我身為小說家的工作，因為跟紗霧——跟情色漫畫老師的工作有著密切的關係。所以即使是對哥哥很冷淡的紗霧，只要是有關於這種重大事件，就不會隨便棄我於不顧。

至少也會聽我說說。

「沒錯……商量。我有非常重要的事情，要找情色漫畫老師商量。」

「人、人家不認識叫哪種名字的人！」

紗霧瞬間滿臉通紅，並說出平常掛在嘴邊的台詞。

所以說，既然覺得丟臉，那為何還要取那個筆名啊？

如果這是小說的話，情色漫畫老師這個筆名的謎團，將會是作品中最神祕的部分吧。

「所、所以是要商量什麼？快點說啦。」

「喔，其實——」

我用認真的語氣開口說：

「讓我摸摸妳的頭吧。」

「…………啊？」

紗霧用力睜大了眼睛。

「我、我的頭……這……這、這是要商量的重要事情？」

「嗯。」

「……唔嗚……為什麼……要做那種……」

紗霧臉上流露出困惑的神色，臉頰也染上了櫻紅色。

「我最近不是在寫戀愛喜劇小說嗎？」

「嗯。」

「因為之前一直都是寫戰鬥系小說，現在也還不習慣戀愛喜劇的寫法。所以實在很難想出能寫成有趣情節的點子。」

「……這個嘛……的確……可能是很嚴重的問題。」

對吧？

「所以，稍微讓我摸摸頭吧。」

「什麼叫『所以』啊。為、為什麼變成這種意思？完全搞不懂你在講什麼！」

看來我說明得不太充足。

「……只、只只只、只要摸摸我的頭……就能想出什麼點子嗎？」

「大概吧。之前那次，也讓我靈光乍現出好多點子。」

「…………………」

紗霧害羞地用雙手緊緊抱住自己的頭。

「…………為什麼？」

「所謂的戀愛喜劇，就是得要描寫可愛的女孩子才行啊。要嘛就是可愛女孩子的可愛動作，不然就是可愛的表情。」

「…………這……這些……我也明白……可是，為什麼要找我……」

「之前妳也說過吧？繪製插畫的時候——」

自己不想畫沒有實際親眼看過的東西。

「——所以啊，小說家也一樣。靠自己的雙眼親自看過來『取材』的事物，一定能描寫得更好。因此——我想要看看超可愛妹妹的可愛之處。」

「什……嗚～～」

紗霧的臉轟隆～～～～～～地連耳朵都整個通紅。

「哥——」

砰，她猛力站起來。

「哥、哥哥你好色！」

「咦……什、什麼啊！」

「色狼！變態！為、為什麼這麼光明正大地……講這種話……嗚！」

紗霧緊緊握住雙拳，用快哭出來的眼神看著我。

我慌忙反駁。

「等、等等、等一下！有必要罵到這種地步嗎！我只是說想要看看可愛妹妹的模樣而已耶！」

為什麼出現這種好像被色狼摸屁股的反應啊！

也太誇張了吧！

「因、因為啊！」

紗霧用像是真的遇到色狼般的羞恥表情小聲說：

「你、你剛才……說、說我……很可愛……」

「很可愛沒錯啊。」

「……嗚！笨、笨蛋！」

我明明只是說出理所當然的事情，紗霧卻產生激烈反應。

「啊嗚……而、而且……而且啊！哥哥你——」

她用力起身。

「之前摸過我的頭以後，就變得很興奮對不對！」

「我才沒有！不要講這種旁人會誤解的話！」

「你、你有！絕對有！」

「就跟妳說沒有嘛！雖然有覺得很可愛，但至少沒有任何像妳所說的那種不正經的微妙感情！我說沒有就是沒有！」

「…………你就是有嘛！」

紗霧翻起白眼瞪著我看。

「竟然撫摸妹妹的頭……摸到自己色性大發……有夠差勁。」

雖然這種表情要說可愛的話也的確很可愛——

可惡，但總覺得開始有點火大了。我都說自己沒有那種不正經的心情了吧。

「……說別人色的傢伙，自己才是最色的喔。」

我把頭轉開，低聲自言自語說著。

「……啊？什麼？哥哥……你、你剛才……說了什麼？」

「紗霧好色。」

「！」

「情色漫畫老師是色狼、變態！」

當我模仿本人的語氣這麼說，妹妹就睜大眼睛並且變得啞口無言。

「什……什……什什……嗚…………」

她勉強從動搖中振作起來，然後稍微眨眨眼後。

「我一點都不色！」

吱——

因為掛著耳麥放聲大喊的關係，於是喇叭產生出無比巨大的音量。

不只是我，就連紗霧也痛苦地摀住耳朵。

不久後當傷害終於消散時，紗霧氣喘吁吁地繼續接著剛才的話講下去：

「我、我到底……有哪邊……很……很、很色了？」

「『情色漫畫老師』這種筆名。」

我非常直接了當地命中妹妹的要害。

「唔嗚——」

紗霧用力閉緊雙眼。

「筆、筆名這個不算啦。」

「還有不算的喔。」

「就是有嘛！不要用筆名就片面斷定我很色！」

「我也不是光用筆名就斷定妳很色的啊，還有其他理由存在。」

「哼、哼嗯……例如說？」

「例如說，妳找女孩子來當繪畫模特兒時的態度。」

「……我、我不記得了耶～」

騙誰啊。連語氣都變了，超可疑的。

「不要講那種像是政客的藉口。妳其實都還記得吧？對女孩子們作出的種種情色行為！」

有時候命令住在隔壁的美少女把裙子掀起來——

有時候又把同班同學女孩子的內褲一口氣脫下來——

除此之外，這傢伙還犯下過無數的罪狀。

當我用手指著她的臉時，紗霧猛力把頭甩到另一邊，並且嘟起嘴唇。

「不知道，人家不認識那樣的人。」

竟然給我裝傻！

「那些行為都以『妳繪製的插畫』這種形式，變成不動如山的證據留下來喔。」

「這、這個……那、那是靠憑空想像畫出來的，不足以當成證據。」

「……我可是親眼目擊到的喔？」

「真是的啦——這個話題到此結束！我說結束就是結束！」

紗霧像是要矇混般（用麥克風）放聲大喊，強行拉回開頭的話題上。

「總而言之！不可以摸我的頭！絕對不行！理由是因為哥哥很色！好，商量結束！給我出去！現在馬上給我從這裡出去！」

我被滿臉通紅的妹妹推著背部，從房間裡頭被趕出去。

「可惡……我明明只是單純要商量工作而已……沒必要做出那種好像被哥哥性騷擾的反應吧。」

我無精打采地走下階梯。

「可是……這下該怎麼辦呢？」

我現在正因為寫不出戀愛喜劇而在苦惱。如果是寫習慣的戰鬥系，不管多少點子都會不停湧現。但沒想到光是換個類別，就陷入這樣的苦戰之中。

本來想跟妹妹商量一下來突破僵局，但這也不太順利。

不過嘛，雖然有看到她面紅耳赤的可愛模樣——但畢竟理由是「為了掩飾自己對女孩子們作出的情色行為」嘛。如果要拿來當成小說的題材，該說會感到愧疚還是會提不起勁呢。

「……必須想想其他方法才行……」

煩惱的同時，我往客廳走去。

也差不多該幫妹妹準備點心了，我還真是個充滿犧牲奉獻精神的哥哥呢。

作為報酬，稍微讓我摸摸頭應該也沒什麼關係吧。

嘎吱，當我打開客廳的門時。

「哎呀，征宗。本小姐擅自進來打擾嘍。」

一名坐在客廳沙發上優雅喝著紅茶的金髮美少女的身影，映入我的眼簾之中。

「妳、妳喔……」

我由於太過驚訝而變得啞口無言。

身穿著輕飄飄蘿莉塔服飾的女性，名叫山田妖精。

是住在我家隔壁，年僅十四歲的超級暢銷輕小說作家。

妖精這種莫名其妙的名字當然不是本名，而是筆名。

「最好是講什麼『擅自進來打擾嘍』啦，妳跑到別人家在幹什麼啊！」

「正如你所見，是在享受下午茶時間唷！而且是蹺掉工作跑來的！」

「不是，我沒有在問那種問題……唉，算了。」

看到妖精那燦爛的笑容，就覺得這種細微的小問題都無所謂了。

「征宗！不要站在那裡發呆，過來這邊坐下吧！你看，本小姐有帶烤好的餅乾過來喔！」

「就跟妳說這裡是我家啊。」

真是的……總覺得這傢伙好像把和泉家的一樓當成她自己的領土了。每天都旁若無人地跑來待在這裡。

看著妖精一臉得意地拿起裝餅乾的袋子，我只能嘆口氣。

「也有紗霧的份吧？」

「那當然。雖說是彼此彼此，但最近也受到情色漫畫老師許多照顧嘛。」

正如她所說，妖精是少數知道「情色漫畫老師」真面目的人。

妖精跟我一樣是輕小說作家，跟我們兄妹年紀差不多。跟紗霧一樣沒有去學校，然後最重要的她是情色漫畫老師的大粉絲——老實說，像這樣的她對我而言是個非常可靠的存在。

「就是這樣，如果有我們家的編輯跑來尋找逃跑中的本小姐，就請你對他們說『她不在這邊』吧。」

嗯，雖然也是個性格亂七八糟的傢伙就是了。

我在她對面的沙發坐下。「……那是無所謂啦。不過，妖精。妳不是有很多東西都已經逼近截稿日期了嗎？」

出道作已經決定要動畫化的妖精老師，在暑假期間似乎非常非常忙碌。一起去南國島嶼的時候也是由責任編輯陪同，連在回程的飛機上都要（強制性地）處理工作……那真的很殘忍。

我為了不要陷入這種情況，於是在內心發誓要盡量提前把工作完成。

而妖精她明明應該是超級忙碌的作家老師……

「那個啊。」

卻仰躺在別人家的沙發上這麼說：

「反正已經來不及了，本小姐決定直接放棄慢慢來啦。」

「不要放棄啦！妳都不覺得自己很對不起期待山田妖精老師新刊的讀者嗎！」

「辦不到的事情就是辦不到嘛，都是把工作時程排得這麼緊密的傢伙不好。呵呵，本小姐的僕人（書迷）們啊……照這樣下去新刊也許會延期，但是要怨恨的話就去恨我的責任編輯吧。」

妖精用肅穆的語氣，向自己重要的讀者們傳達難以置信的訊息。

「等吃完餅乾之後，我絕對要讓妳去工作！如果放著妳這樣偷懶，我會被自己的罪惡感給壓垮的！」

這樣不就等同是因為我才讓新刊延期的嗎——我可不想之後才來這樣煩惱。

身為住在隔壁的同行朋友，必須想辦法說服她才行……！

當我陷入極度焦躁時，妖精很可愛地嘟起嘴唇。

「等一下，征宗。難得我們兩個人獨處了，可不可以別提工作的事情啊？」

「哪有什麼好難得的，這幾天妳不是三不五時就跑來我家嗎？」

老實說，跟妖精兩人獨處的時間太長，我已經覺得有點厭煩了耶！

「本小姐跟工作哪邊比較重要？」

「我是在講妳的工作啦！」

「呵呼呼，本小姐知道啦。你總是很認真做出反應這一點，本小姐非常喜歡喔。」

「唔……」

聽起來就像在戲弄我一樣。

真受不了，就只有這個女人……

我輕咳一聲。

「不、不過嘛……不管怎麼說，我想妳都會確實趕上截稿日就是了。」

妖精很意外地眨眨雙眼。

「喔，本小姐還真讓人值得信賴呢。本人可是都說──已經放棄了耶。」

「因為啊，妳的新刊一次都沒有延期過嘛。」

「──」

妖精瞪大眼睛，我繼續這麼說：

「妳出書的『FULLDRIVE』文庫雖然給人一種新刊常常在延期的印象，但裡頭言行舉止最常像是會延期的山田妖精老師，從出道以來卻都準時每隔三個月就出新刊對吧？」

或許很多人聽了覺得不以為然──但實際上這是非常了不起的事情。

執筆速度、銷售成績、職業意識。只要欠缺任何一樣，就沒辦法讓新刊定期刊載下去。

順帶一提，這件事我和泉征宗完全沒辦法辦到。

因為實在賣得不怎麼樣。

「所以，我認為妳這次應該也不會做出讓讀者感到傷心的事情才對。」

「…………………是喔。」

妖精把頭甩到另一邊。

「……你這人……真的是很卑鄙……」

妖精的臉頰稍微有些泛紅。她再次面向這邊，像是要掩飾什麼般快速地說：

「說、說起來你又如何？」

「我？」

「沒錯。你不是正因為『戀愛喜劇好難寫喔～進度卡住沒有進展了啦～』而非常煩惱嗎？」

「……那種沒出息的語調，難道是在模仿我？……算了也罷，我工作上的確是進度卡住沒有進展。剛才也才去找情色漫畫老師商量而已——」

我把跟情色漫畫老師商量的內容講給妖精聽。

妖精興趣盎然地聽完這段經過後，似乎很訝然地說：

「……征宗，你喔——」

「也太愛性騷擾妹妹了！」

「咦咦！」

等等，我只是為了描寫超可愛的女主角，所以就跟超可愛的妹妹商量說「請她給我摸摸頭」

而已啊！光是這樣就變成性騷擾了嗎！

「再說啊……」

這時候妖精好像在思索什麼般用手指抵住額頭，迷惘著該怎麼開口。

她下定決心抬起頭來。

「本小姐的房間不就在那個『不敞開的房間』的正對面嗎？一走出陽台偶爾會看到窗簾打開，然後就看得到房間裡的狀況。」

「喔、喔喔，所以呢？」

「你們兄妹的……『商量討論』。那是什麼？」

「……這、這是……什麼意思？」

「光是遠遠看著，本小姐就害羞到好像快要死掉了耶！」

「什麼！」

「之前也一樣，你們兄妹醞釀出那種情色的氣氛——如果本小姐沒有中途闖進去的話，不知道會變成怎麼樣。」

「妳、妳這人！那個是故意跑進來的嗎！」

這是以前紗霧給我摸摸她的頭時發生的事情。

「而且啊！情情情、情色的氣氛是啥！那種氣氛！我、我們才沒有醞釀！」

「哼嗯——哼嗯——哼嗯～」

妖精翻白眼看著我以後，就露出意義深遠的奸笑如此說道：「啊，說得也是呢。『哥哥是不會對妹妹做出什麼色色的行為。』——是這樣嗎？」

「嗚。是、是啊。」

為什麼這傢伙會知道這句話……是聽紗霧講的嗎？

「哎呀，這樣啊。那之前你們在摸摸頭時，也絕對沒有情色的意思在裡頭。你是這麼說的吧？」

「是呀。」

「但是，妹妹懷疑你心懷色色的情感，所以今天就不給你摸頭。明明自己只是想取材而已對吧。」

「對啦，不好意思喔！所以那又怎麼樣？」

「來摸本小姐的頭吧。」

「啥？」

突然冒出這句預料之外的話，讓我感到困惑。

妖精再重新簡單明瞭地講一次。她豎起手指，不知為何視線有點錯開。

「……這終究只是取材，可沒有色色的意思在裡頭喔？」

她猛力站起。啪！並拍拍自己單薄的胸膛。

「那麼！和泉征宗！你就盡情撫摸本小姐的頭吧！」

咚！

「…………剛才，上面是不是有什麼聲音？」

我抬頭看著「不敞開的房間」所在的正上方。

「有嗎～？本小姐什麼都沒聽見喔。比起這個——征宗！要摸嗎！還是不摸！」

我被氣勢洶洶地逼近過來的妖精給壓迫住，只能小聲地說：

「……我又不是想摸妳的頭。」

「你是『想要撫摸可愛女孩子的頭』不是嗎！那麼本小姐也可以吧！」

「嗯——可是紗霧比較可愛啊。」

「本小姐也超可愛的呀！」

這傢伙到底是多有自信，這可不是給自己講的台詞吧……但是……嗯，的確……妖精也真的可愛到可以稱呼為超級美少女。

紗霧只是太過特別了而已……

「那既然機會難得……就請妳讓我取材吧。」

「……總覺得有點難以釋懷。你那是什麼好像沒有很高興的感覺……這可是超光榮的事情耶？只有你特別被允許能觸碰『本小姐的重要部位』喔？你懂不懂啊！」

只聽剛才這句話就覺得特別不正經，真希望她慎選用詞。

「知道了啦，我也很感激妳啊。身為撰寫戀愛喜劇的前輩作家，肯為了後輩的取材親自下來幫忙呢。」

「…………唉～」

妖精聽完我感謝的話語後，露出失望的表情顯得垂頭喪氣。

「咦？不是嗎？」

「沒錯啦——你真的是個很適合被罵說是輕小說主角的男人耶。」

「這什麼意思啊？」

「沒事啦！」

妖精突然變得很不高興。

「來！快點摸啊！」

她發出砰咚聲，整個人跪坐在沙發上……這是在生什麼氣啊——不過感覺如果把這句話說出口，會更加火上添油。

我乖乖照她說的去做。自己也跪坐到沙發上，形成跟妖精面對面的狀態。剛好跟以前在「不敞開的房間」裡頭撫摸紗霧的頭時，是一模一樣的姿勢。

「呃……那麼，我要摸嘍。」

「請、請摸！」

也許是很緊張，妖精的聲音有些顫抖。

她緊握雙拳擺在膝蓋上——雙眼也閉了起來。

「喂、喂喂……」

為什麼要擺出那種像是「在等待戀人親吻」的姿勢……這只是單純的取材，應該沒有任何不正經的意圖存在啊——

「…………咕嘟。」

臉頰好熱。

「…………………………」

妖精沉默不語，並且毫無防備地伸出那美麗又端正的臉龐。

我緩緩伸出手——輕輕觸摸那閃爍金色光輝的頭髮。

「嗯。」

「哇啊……」

摸起來真是超舒服的。

跟紗霧那有如絹系般柔順的頭髮不同，是非常有存在感的觸感。

這樣撫摸一下，手掌就如同被吸住一樣。讓人想要一直撫摸一下去。

「……哼嗚……嗚……」

跟她房間相同的甘甜芳香，刺激我的鼻腔。

「等……等等……等一下……征宗……嗚。」

妖精嘴角癱軟無力地說著，尖尖的耳朵也整個通紅。

拚死抑制羞恥心的妖精，在某個瞬間突然有如潰堤般放聲大喊：

「你、你——你這個人！撫摸的方式！也太色了吧！」

「什麼！我、我沒有打算要那樣摸呀！」

「這種技巧是去哪邊學來的啊！難、難道說你也這樣摸妹妹嗎！那當然會被當成是性騷擾嘛！你這大色鬼！變態！輕小說主角！」

「輕小說主角這種罵法，會不會太萬能了！」

最近周圍的女性，都把我的行為用這個名詞來罵了啊！

「啊！難、難道說！從一開始這就是你的目的……！征宗你……看、看上本小姐這稚嫩又淫靡的肉體，所以才把本小姐帶進家裡頭！」

「明明就是妳自己擅自跑進來的，竟然還講這種話！」

少在那邊捏造記憶啦！

「想、想裝傻也沒用！因為我都知道！你打算以『取材』為名義，強迫本小姐做出色色的行為對吧！」

「那是去南方島嶼時，妳對我做出的行為吧！」

「唔，是、是這樣沒錯啦！因為那時候真的很痛呢——不、不對啦！不要因為自己被搞過，

就想要用相同的行為來報復啊！」

「妳、妳竟然又用這麼不正經的講法！」

再說，這樣不就變成我好像有對妳做過什麼「會很痛的行為」了嗎！

在南方島嶼給予妖精物理性質大傷害的人明明不是我！

如果現場有第三者在，可是會演變成不得了的誤解耶！

「好、好吧！既然你都這麼說了！那就來做到最後吧！你、你要負起責任喔！」

「所以說！妳喔──」

正當我打算再次對情緒不斷高漲的妖精吐槽時。

咚咚咚咚咚咚咚咚咚咚！

嗶嗶嗶嗶嗶嗶嗶嗶！

妹妹所發出的憤怒踩地板，有如要踏穿天花板般響起。

同時我的手機也像是要顯現紗霧的心情般發出聲響。

「呀啊啊啊啊！為什麼紗霧會聽見啊──！妖精！這都是妳的錯啊！」

「就算再怎麼大聲，也不可能連二樓都能聽見吧！你也差不多該察覺了！那孩子絕對有在客廳偷裝監聽器或是什麼其他東西啦！」

「紗霧才不會做那種事情吧！只是因為妳的聲音超大聲的而已啦！」

總之——

最近的和泉兄妹。

還有跟老是泡在我家的鄰居之間的關係，就是這種感覺。

是不是有更接近「真正的兄妹」了呢？

咚咚！咚咚！踩地板的聲音更加響亮。

「我、我稍微上去一下！」

我今天也慌張地跑上樓梯，要去向妹妹辯解。

「可惡啊～！糟糕糟糕糟糕糟糕！」

我的休假會變得如此吵鬧。在跟紗霧還有妖精相遇之前，根本連想像都無法想到。

＊

「哥哥！想起來了嗎！」

「喔、喔喔……我想起來了。」

哎呀，的確發生過那種事情呢。那時候為了平息紗霧的怒火，真是費了九牛二虎之力。

「看吧，跟本小姐說的一樣嘛！不是性騷擾妹妹，就是跟隔壁的美少女打情罵俏——根本就是超奢侈的休假日嘛。連大富翁也辦不到。」

「不要用那種會招致誤解的講法！我跟紗霧只是為了取材而在討論，隔壁的美少女也只是擅自非法侵入民宅而已啊！」

這種吐槽是第幾次了！

「所以說你『休假的方式』已經決定了——就跟往常一樣和本小姐打情罵俏吧！來吧！」

嘎啪！妖精整個人抱了上來。

咚咚咚咚！然後踩地板的聲音也同時響起。

「哥哥你這色狼！笨蛋！要講幾次你才會懂！」

「就是說啊，征宗學弟！把那個亞人種丟到外頭，今天跟我一起熱烈討論關於小說的議題吧！」

「啊啊啊，真是的！我想起來啦！這種休假方式，完全無法獲得治癒啊！」

於是我像逃跑般衝出家裡。

為了尋求安寧，當我漫無目的地走著——最後抵達車站前的高砂書店。

沒錯沒錯，記得這也是休假時的固定行程。

感覺自己漸漸找回過去的休假方式了。

以前只要我一有空，就會跑去書店買輕小說。

閱讀流行的輕小說能當成學習，看看單純自己喜歡的作品也能讓心靈獲得休憩。

書店對我來說就像是寶島一樣的地方。

然後在這個獲得治癒的地點。

「阿宗，歡迎光臨！」

有身穿圍裙的招牌女店員在。

她──高砂智惠是我和泉征宗的同學，也是車站前這間書店「高砂書店」的招牌女店員。興趣是看書跟收集球鞋，是個熱愛漫畫與輕小說的女高中生。

輕小說作家兼高中生的我，跟她非常聊得來。

完全沒有染過的豔麗黑髮，溫和的眼神與豐滿的胸部。

總之，她的外觀乍看之下就像個悠閒的優等生……實際上卻不是如此。

「還滿久不見了呢。」

「最近工作很忙啊，昨天才總算告一段落。」

「辛苦啦，你完全變成暢銷作家了呢。」

她像是要作弄我一般說著。

「這也講得太誇張了，我還差得很遠啦。話說回來，才一陣子沒來──賣場的氣氛好像變了？」

「喔，你注意到啦？」

智惠笑嘻嘻地說著。

「那當然會注意到啊。總覺得，好像變得很時髦呢。」

收銀台前方還設置了很有咖啡廳風格的閱讀區。

「你沒來的這段期間——高砂書店重新整修後再開張了！」

「喔喔——！」

簡直就像是動畫版的設定畫送到以後，原作立刻反映上去一樣。

新生高砂書店——可愛的吉祥物以及店外的輕小說展示玻璃櫃也是需要矚目的焦點。

「接下來這裡將會變成更偏向以輕小說為主軸的賣場，所以阿宗你也要以在最前線作戰的作家身分來炒熱輕小說業界喔。這都是為了提升我們家的營業額。」

「我會盡量努力的——有什麼推薦的輕小說嗎？」

「好的好的。阿宗你大概有半年左右沒有閱讀輕小說了對吧？」

基本上我只會在這間店購買輕小說，所以智惠完全能夠掌握住我的閱讀狀況。

「你想要哪一種的，有什麼想提出的需求嗎？」

「能讓工作連續處於死線狀態，身心都疲憊不堪的我，可以在超級久違的假日閱讀的書籍。」

「你是在黑心企業上班的大叔嗎？」

別管那麼多啦。

智惠一邊苦笑，同時以熟練的動作挑選文庫本提交給我看。

「那麼，就是這個了。你還沒有閱讀過吧？」

智惠挑選的是《青春豬頭少年》系列。

這部由電擊文庫發售，書名稍微有些令人害羞的作品，強烈激發出我的親近感。

插畫也超可愛。

「還有就是——這個或是這個。」

接著她所挑選的是OVERLAP文庫《世界盡頭的聖騎士》、電擊文庫《從零開始的魔法書》、GA文庫《龍王的工作！》等等。

「推薦的大概就是這些吧。」

「那請把這些全部給我。」

「多謝惠顧。」

這也已經變成慣例的對話了。

跟智惠的對話，對我而言就是平穩日常的象徵。

「該怎麼說呢……看到妳的臉，我才終於有自己在休假的實際感受。」

「喔？真的嗎？那真是多謝……總覺得有些害羞呢。」

這時候，智惠好像想到什麼有趣的事情一樣，突然抿嘴笑著。

「這是那個嗎？用戀愛喜劇輕小說來形容的話，我就是讓男主角——給你獲得療癒的青梅竹馬女主角？」

「智惠也不是我的青梅竹馬吧？」

「你幹麼這麼乾脆就全盤否定啊。不過，我跟阿宗也認識很長一段時間了吧？差不多可以稱為青梅竹馬也沒問題呀？」

她很開心地講著這句話。

「妳是不是青梅竹馬，我實在打從心底覺得無所謂就是。」

「等等，你唷！剛才這樣可是把跟美少女青梅竹馬女主角『一起讀書劇情』的旗子給折斷了耶！」

「那是什麼啊？」

「所以說～你不是超忙碌的嗎？這麼說來當然還沒有寫『暑假作業』對吧？」

智惠把手抵在豐滿的胸膛上。

「這時候不是就該由我來教你讀書，好助你一臂之力嗎！你想想，就跟以前在圖書室的時候一樣啊！」

「我可沒有讓妳教我念書的記憶喔！」

「騙人的吧～！我有教過你呀！」

「才沒有騙妳！稍微等一下，讓我回想看看……」

＊

——沒錯。

那是去年的夏天，我跟智惠還是高一的六月中旬。就在班上的話題開始加入「暑假」這個單詞的某天放學後。

當我坐在座位上收拾東西準備回家時，智惠靠過來出聲叫住我。

「阿宗，可以～耽誤你一點時間嗎？」

智惠彎著腰並帶著奇妙的笑容，快速地把臉靠過來。她的胸部就在我眼前，這真是個惡意賣萌的姿勢。

「……雖然有很不好的預感……不過有什麼事嗎？」

「希望你能教我念書！」

她用水汪汪的瞳孔……緊盯著我看。暫時互相注視一陣子後，我揮揮手這麼說．

「……抱歉，我現在正忙著進行新作的執筆……」

啪！智惠雙手合十對我膜拜。

「我也知道這很為難！但還是要拜託學年第十五名的和泉正宗大人幫幫忙！如果補考沒有通過的話就得補習！這樣暑假就泡湯了！」

原來如此，是這種理由啊。

「……情況我是能理解啦……」

「當然，不會要你做白工！我會準備好這個月的『電擊大王』來當成報酬的！」

喔喔……以智惠來說，這還真是大方。

大概是買來自己看的東西吧。這位家裡開書店的女孩平常幾乎不會把書籍送人或是借人，都會叫別人去她家買。

看來這個「請求」似乎值得她違背這個原則。

接受智惠熱情的我如此回答。

「但是我最想看的漫畫，現在正停止連載啊。」

「正如你所說的，是停止連載沒錯！可是還有刊載其他許多有趣的漫畫啊！也有最近才剛開始連載的作品，可說是最適合新讀者買來閱讀的一期喔！——啊，如果覺得有趣的話，下個月開始記得要自己買喔。」

「這樣與其說是報酬，不是更像促銷嗎？」

「唔……既然這樣還不夠的話……！」

智惠不知為何滿臉通紅地緊閉雙眼。

「那就……只能用我的身體來支付了……！」

「妳在教室裡頭講什麼啊！」

少在那醞釀悲壯的氣氛啦！女生們那邊都用很可怕的眼神看著這邊耶！

「……因、因為阿宗不是要幫情色漫畫老師尋找可以讓他看內褲的美少女嗎?這時候就讓我去當獻給情色漫畫老師的祭品，相對地你要教我念書。」

「那件事已經解決了，所以不用啦。」

該說是解決，還是說捕捉到祭品呢?雖然我完全不打算說明就是。

總而言之，那又是另一段故事。

順帶一提，情色漫畫老師是為我的小說繪製插畫的插畫家，並不是什麼色色的單詞。

……雖然是個色色的傢伙沒錯。

但她絕對不是專門畫色色漫畫的老師。

可是在旁邊偷聽的同學們聽起來，只會覺得我教智惠念書的代價，就是會對她做出些色色的要求吧。

「唔……繼續在這裡交談會很危險。」

我慌忙站起來。

「智惠，去圖書室吧。我就快速把應付補考的對策教給妳知道。」

「喔，這代表協商成立了嗎?」

「不用，我免費教妳。平常妳總是推薦有趣的書給我，就當作是回報吧。」

「真的嗎?哇喔，真是幫了大忙!」

智惠安心地鬆了口氣，並露出微笑。

如果是對她有好感的人，光是這個笑容就能當成報酬了。
我有點不好意思地搔搔臉頰。
「啊，對了。如果想要報恩的話，等我的新刊發售後，可以把它擺在推薦架上頭嗎？」
「好呀～只不過！要等我閱讀過覺得有趣才行！」
很遺憾地，身為書店店員的她似乎不會違反這個原則。

我們移動到圖書室，隔著長桌面對面坐下。
接著將筆記本攤開在長桌上。把補考範圍的內容教導她一陣子後，智惠把臉從筆記本上抬起來說：
「哎呀阿宗，真的要再謝謝你呢。有個溫柔的朋友真的很幸運，真是感謝喔。」
「要道謝就用補考結果來當成回禮吧。」
「我是這麼打算的喔。不過，看到考試結果的排名表時真的嚇一大跳耶。你的成績原來這麼好喔。明明『工作』也很忙碌吧，這樣還有時間念書嗎？」
「每次都很拚命喔。由於某些緣故，所以我不能讓成績退步。」
雖然是跟現在無關的話題，但我因為某種理由，經常必須讓念書與工作並重才行。
「妳才是啊，明明外表看起來像優等生……」
意外地卻很笨耶。

「嗯？你想說什麼？整句講完來聽聽啊！」

智惠察覺到我刻意沒講完的話，用恐怖的聲音說著。

我慌忙改口說：

「沒、沒事啦。不過……智惠妳也是有很厲害的優點喔。」

「喔喔……？例如說？」

智惠懷疑地瞇起眼睛。

這下子可不能隨口說說了。

呃……

智惠厲害的優點……厲害的地方……

「智惠知道很多有趣的書籍、遊戲以及動畫呀。還有書店的陳列技巧跟分析之後會流行的書籍等等。另外就是那個，像以前的『富士見FANTASIA文庫』這種沒有標示集數的輕小說，妳也擁有能將它們依照刊行順序排列的技能，雖然樸實但我還是覺得很厲害！」

以前山田妖精老師還曾經把這個技能，用很中二病的風格稱呼為超整理術（Sword of Fantasia）呢。

「我認為這可不是普通女高中生能夠辦到的事情喔。」

雖然試著熱情稱讚她，但智惠卻用略帶憂鬱的表情說：

「……但這是學校不會評價的項目呀。」

「那就是『普通科高中的劣等生』嘍。」

「那不是普通的笨蛋而已嗎！」

智惠站起來放聲吼叫。

「不要在圖書室大喊啦……妳看，旁邊的人都在瞪我們了。」

「啊……不好，這樣不好。」

智惠雙手摀住嘴巴，很不好意思地坐下。

「……這麼說來，阿宗啊。」

又用功念書一陣子以後，智惠突然開口這麼說：

「輕小說作家好賺嗎？」

「…………………」

由於這個話題太過世俗，讓我用略帶責難的眼神看向這位異性朋友。

「不是，因為啊！就是會在意嘛！你想想，身為一個宅宅跟一名輕小說書迷，一定會在意對不對？」

的確有呢——會問這種煩人問題的朋友。

真的是很多管閒事耶，不知道那種事情也無所謂吧。

如果是社會人士，不管什麼職業的人說不定都有遇過這個問題的經驗吧。

「所以？實際如何呢？」

「……每個人都不太一樣吧？就像如果是那位『山田妖精老師』的話，就能賺到可以買下一棟房子的錢了。」

我講了個最無可非議的答案。

「和泉征宗老師就沒賺多少錢嗎？」

這傢伙也太失禮了吧！

「……很、很難說耶。有像前年那樣完全出不了書，所以年收入幾乎等於零的時候。但也有可以賺到超過日本人平均年收的時候……嗯，果然還是只能講有很多情況了。」

「哼嗯。網路上經常流傳『因為輕小說作家很難賺，所以編輯就會說「千萬別辭掉原本的工作」這樣的話。』這種傳聞耶。」

「那是騙人的，情報來源就是我。」

我充滿自信地回答。

「當我的前作《轉生銀狼》銷售量稍微回昇時，我的責任編輯神樂坂小姐打電話過來——」

『和泉老師，你是學生對吧？』

「是的，是這樣沒錯。」

『新作目前的銷售量有回昇，似乎賣得很不錯喔～要不要別去了呢？』

「啥？」

『就是不要去學校，直接成為職業作家吧！』

「妳、妳又在開這種玩笑了。」

『咦？』

「耶？」

『咦？』

「……咦？妳、妳是認真的嗎？」

「——有過這樣的事情呢。」

「好像網路遊戲的廢人公會一樣。」

「不過，當然就因為沒有不來學校，我才能像現在這樣。還有姑且讓我護航一下，會關懷作家將來發展的善良編輯，說不定真的存在於這個世界上的某處吧。」

「……我明顯感受到『根本不可能存在』這種話中含意耶！」

「那是錯覺……所以智惠，妳講這個話題有想要表達什麼嗎？」

「這個嘛……要說有的話是有啦。」

「原來有喔。」

真是意外。

智惠說聲「就是說呀～」之後，就抬起下巴顧左右而言他。

「如果阿宗寫出能夠動畫化的暢銷作品，然後跟山田妖精老師一樣大賺一筆的話——」

「大賺一筆的話？」

智惠臉頰泛紅，並且用視線偷瞄我。

「……要我當阿宗的新娘子……也可以喔！」

「完全不隱瞞金錢才是妳的目的嘛！」

開什麼玩笑！好歹也再多隱藏一下吧！

這當然是開玩笑的吧——智惠看著發脾氣的我「啊哈哈哈」地大笑著。

「噗噗……總之，你就考慮看看吧。」

＊

場景再次回到現在的高砂書店。

「看吧，果然我才是教妳念書的這一邊嘛！」

「哈哈哈，那時候真是多謝了呢～」

受到我追究的智惠，笑嘻嘻地微笑著。

看她這種樣子，應該時從一開始就沒有忘記吧。

「順帶一提，我的暑假作業老早就已經寫完了。」

「真不愧是優等生……不對，該說真不愧是社會人士嗎？你還真是從以前開始就沒怎麼變耶。」

「那個……智惠小姐？從剛才開始妳就執著於主張自己是我的青梅竹馬，是有什麼原因嗎？」

「好啦好啦好啦好啦——這也沒有什麼關係嘛。比起這個，我的話還沒有說完喔？從這邊開始才是最重要的部分唷。」

智惠看起來很愉快地，把食指當成魔法杖一樣揮舞。

「那時候——面對美麗的青梅竹馬這可愛的求婚，你是怎麼回應的呢？」

「記得是充滿想吐槽的點，讓人不知道該從何回應起……」

記得那段對話的後續是——

「免了，我有喜歡的人。」

「！……喔、喔喔——誰？是誰？同班的嗎？」

「祕密。」

「沒錯沒錯！不覺得這種拒絕方式太過分了嗎！幹麼用這種像是普通日常對話的感覺把我甩掉啊！」

「聽不懂妳想表達什麼，這明明是講來戲弄我的吧。」

結果智惠不知為何更加提高音量。

「你可是小說家耶！要再多想些更加適當的拒絕台詞啦！」

「經過多次慎重的評選之後，本次審查結果很遺憾地無法符合您的期待。在此深深感謝您從許多男性之中挑選我並來此應徵，也為高砂小姐致上祝福，希望您的未來能有更加美好的前程。」

「不要致上祝福啊——！」

與其說是青梅竹馬女主角，這更像是反派被擊中弱點時的臨終喊叫聲。

「被這種台詞甩掉的女主角，就算從輕小說的起源開始找起也絕對找不到吧！」

「妳再仔細找找看，一定會看到更爛的拒絕台詞喔。」

由於會引發糾紛，我就不列舉作品名稱了。

「唉，每次跟你講話都會變成這樣。」

「哈哈哈，就是說啊。」

這種聊得來的感覺——又是跟村征學姊還有妖精不同形式。就像是齒輪能夠完全吻合一樣。

「……算了，也好。反正我們都還只是高中生嘛。」

智惠失望地垂下肩膀，可是又馬上恢復並且輕鬆地說：

「那至少告訴我『你喜歡的人』是誰嘛。」

「才不要。」

那樣就得連情色漫畫老師的事情都一起說明了。

「有～什麼～關係嘛～我跟阿宗都這麼要好了吧？」

「我跟妳的要好程度是什麼樣啊？就是以金錢為目的來跟我求婚這種程度吧？」

「不不不，愛情先不談。但我們之間應該有著無價的友情存在才對啊？」

…………

「……幹麼啦，阿宗。你那是什麼欲言又止的表情？」

「我為什麼會跟妳成為朋友啊？」

「等等，太過分嘍！難道你忘了嗎？」

智惠停下腳步，靠到我臉邊慌張地大喊：

「喂喂喂～你要想起來啊！那應該是你重要的『紀念日』才對吧！」

「？是指我跟智惠變得要好的紀念日？」

「這個也沒錯！就是說，你想一下。在我們都還是年幼的國中生時——」

＊

沒錯……那是在我國一的時候。

記得應該是星期六或星期天才對。

「…………嗚嗚……好緊張……」

早上十點……我在智惠老家「高砂書店」的輕小說專區裡頭，完全像是個可疑人物般發抖。

原因就是，今天是我和泉征宗撰寫的小說初次擺在書店的日子。

我眼前的新刊架上，平放陳列著我的出道作小說《漆黑之劍》。

「唔喔喔……我的書……真的……有在賣耶……雖然寫著情色漫畫這幾個字。」

負責我插畫的插畫家「情色漫畫老師」的名字，清晰印在封面上頭。恐怕也有讀者會把這個誤認為是作者的名字吧……為什麼這個人會取如此不正經的筆名啊？

雖然他為自己的小說畫出超級可愛的插圖，所以也真的很感謝……但是只有這個名字希望他能想想辦法處理一下。

「痛痛痛……好痛……」

因為「自己孩子」出色的模樣而感動不已的同時，我的胃也越來越疼痛。

……我出道成為作家了呢。

會有人來買我的書嗎？

期待又興奮的心情與極度不安的心情融合為一，在我內心不斷激盪。

「…………………」

當然，作者親自來到書店，也無法左右自己作品的銷售量。

這種事情自己也很清楚。雖然很清楚——但無論如何，我都不打算就這樣回家。

如果要問……我在幹麼。

「………………咕嘟……」

我躲在書架後頭，作好監視自己作品銷售量的準備。

姿勢剛好跟看守著星飛●馬的姊姊一樣。

「……哈啊～哈啊～哈啊～」

緊張讓我的呼吸變得急促，臉色不但慘白還不斷流下冷汗。想必我一定是用布滿血絲的眼睛，凝視著輕小說專區吧。

我想漫畫家或是小說家，大家應該都有做過類似的行為吧。

由於是新刊的發售日，雖然才剛開店但已經有一些客人。

暫時朝新刊書架發送熱情的視線後——

「喔！」

終於有人拿起我的出道作品，是名大概是高中生的男孩子。他仔細看著拿在手上這本書的封面——再翻過來看著封底，似乎迷惘於要不要購買。

——很好！買吧！快買啊！拜託你！一定會很有趣的！

「…………這情色漫畫是什麼啊……這麼丟臉的東西誰買得下手。」

啪，我的出道作品無情地被丟回賣場。

「唔，可惡啊啊啊啊啊啊～～～！那不是情色漫畫呀……！明明不是什麼色情的內容……！」

在書架後面看完整個經過的我，悔恨到把牙齒咬得嘎吱作響。

「哈啊……哈啊……」

再觀察幾分鐘後，又有人拿起我的出道作了。

——很好！這次一定！請你一定要買下來！雖然寫著情色漫畫，但一點都不色！來吧！鼓起勇氣吧！

「…………新人作家啊……等白老鼠的閱讀心得再說吧。」

啪，我的出道作品又無情地被丟回賣場。

「唔，竟然一副屌樣~~~~~~~！你以為你是誰啊！」

我在書架後頭像是要咒殺對方般瞪視著。

被稱為怪獸家長的父母們的心情，現在的我能夠深切體會。

「哈啊……哈啊……」

即使又再觀察幾分鐘，還是完全沒有人購買我的書。

「唔……」

糟、糟糕……如果就這樣連一本都賣不出去的話要怎麼辦……

才剛出道就在第一集被腰斬的話，那該怎麼辦……

這種沒出息卻又迫切的想法，終於讓我鬼迷心竅。

我搖搖晃晃地走向輕小說專區，緩緩拿起自己的作品並且像是要講給周圍聽見般開口說：

「喔！好像有部超有趣的輕小說發售了耶～？」

回頭想想，這句話真的是裝模作樣也該有個限度。

「插畫很可愛，和泉征宗這筆名也很帥氣，劇情大綱看起來好像也很有趣——看來這一定會是部暢銷作品呢！」

我往左右偷瞄。

——來，各位！買吧！快來買吧！

身為作者的和泉征宗老師，親自對位在輕小說專區的客人們傳達熱情的意念。

就這樣，我得意忘形地持續講了幾分鐘以後——

啪，有隻手從背後搭到我肩膀上。

「什麼？」

我驚訝地轉頭過去，出現在那邊的……

「…………這位客人，請你過來一下。」

是位身材魁武又充滿魄力，長得像桑●爾夫的大叔穿著可愛的圍裙站在那邊。

在店裡喧鬧的我，被光頭鬍鬚肌肉店長帶進書店的備品室裡頭。

啪。我拍響桌子，重複已經講好幾次的辯解。

「所以說！我就是作者啊！是這本書的作者！」

「……怎麼可能會有這麼年輕的作家，你才跟我女兒差不多年紀而已吧。」

「這是真的啊！最近已經是國中生出道也不稀奇的時代了！那個——你看，這是學生證！上頭寫著和泉正宗！跟這本書的作者名字幾乎一模一樣吧！這就是證據！」

「唔……不，可是啊……」

就在這個時候，我背後傳來女孩子的聲音。

「喂，老爸。你放著店面不管在幹麼？有人偷東西還是怎樣嗎？」

「不是，有個傢伙在店裡喧鬧。說不定會妨礙到其他客人，我就把他拉過來了解一下情況……」

「嗯，哎呀？這不是和泉同學嗎？一班的和泉同學。」

「咦？」

轉頭一看，聲音的主人是跟我差不多年紀（國一）的女孩子。

黑色長髮與看起來很乖巧的容貌。隨性的語氣，跟外觀稍微有些落差。

她穿著有三條黑色線條的愛迪達球鞋。

「妳是……」

「高砂智惠。你不記得了嗎？我們小三的時候，是同班喔。」

「……抱歉。」

「是嗎，算了也沒差。」

「……小鬼，你竟然忘掉像這樣的美少女嗎？」

桑吉……不對，店長用低沉的嗓音嚇唬我。

我不斷發抖，只能講「對、對不起。」來道歉。

於是高砂——女兒這邊——突然滿臉通紅。

「等等，老爸！不要講讓人害羞的話啦！那個——所以是怎麼回事？」

「所以說啊，這個在店裡吵吵鬧鬧的小鬼一直講些『自己是撰寫這本書的作者』這種沒人會相信的謊話。」

回答的人不是我，而是店長。他用毛茸茸的手拿起我那擺在桌上的出道作品，把封面拿給女兒看。

「啊，這是今天發售的新刊——嘛，咦？」

看來她似乎發現作者欄上頭的「和泉征宗」這幾個字了。

「和泉征宗……？和泉正宗……？嗯？嗯嗯嗯？難、難道說！」

我對看著我的高砂同學說：

「嗯……我是這本書的作者——『和泉征宗』喔。」

「……真的假的？」

「真的。」

「……難道不是偶然嗎？」

店長依舊用懷疑的眼神看著我。

「是、是真的嘛。」

雖然沒有想到會在出道當天，就被迫暴露自己是輕小說作家。但是也沒有其他理由，可以說明那種詭異的舉動了。

正因為如此，我才會主張說——自己就是和泉征宗。

看來這位店長大叔似乎還是不肯相信。

另一方面，說女兒高砂同學這邊，她雙手交叉在胸前似乎在思考什麼。

「唔嗯——唔嗯嗯嗯…………那個，和泉同學。」

「什、什麼事？」

「《Black Rod》跟《Blood Jacket》還有《Bright Lights Holy Land》這三部作品，你最喜歡哪一部？」

這每一部都是電擊文庫發售的超有名小說。

我雖然搞不懂問這問題的意義，還是馬上回答：

「《Blood Jacket》。」

「哼嗯～」

高砂同學似乎能接受地點點頭。

她又豎起一根手指。

「輕小說角色裡面，你覺得最帥氣的名字是？」

「『霧間凪』。」

「喔喔，那麼《幻影死神》系列裡頭你最喜歡的一本是？」

「高砂同學……這種問題有什麼意義嗎？」

「算是『輕小說個性分析』吧，好啦快回答嘛。」

「Vs Imagin——不對……」我稍微思考一下。「應該是《胚胎炎生》吧。」

「是嗎是嗎，原來如此呢——難怪會是那樣。順帶一提，我喜歡《潘朵拉》跟《薄荷的魔術師》喔。」

「啊，我也超喜歡《潘朵拉》的。」

「喔，你很懂嘛。唔嗯……沒想到和泉同學是個連十年前以上的輕小說話題都能聊得開來的優秀人材呢！」

「高砂同學才是啊。」

「嘿嘿，早點說嘛～我都不知道學校裡頭有個可以跟我這麼聊得來的人……對了，你不覺得我家老爸跟『雷光』有點像嗎？」

「咦、咦咦～？我、我覺得不像就是了！」

不管怎麼看，比起「雷光」都更像是「紅色旋風」或「Mr.映像管」這種感覺吧。

「喂喂，你們在講什麼？我完全搞不懂啊。」

被放置在一旁的桑吉……不對，店長對自己的女兒露出困惑的表情。而高砂同學則很乾脆地這麼回答：

「老爸，和泉同學講的大概是真的。他說『自己是作者』這應該不是打算要矇騙什麼。」

「妳為什麼會知道？」

「那個呀，剛才稍微聊一下就這麼覺得了。喜歡輕小說的人不會是壞人——光是這樣的理由說服力好像不太夠？」

「是不太夠。」

高砂同學指著我的出道作《漆黑之劍》。

「呃，那這樣……雖然沒辦法大聲說出來……但是我昨天在店裡進貨時，有偷偷閱讀了今天要發售的輕小說。」

「咦……這代表，妳有讀過我的書了嗎？」

「嘿嘿，就是這樣。我嚇了一大跳呢——和泉同學，你跟我閱讀作品時所想像的作者形象一模一樣。所以我才會覺得這個人一定就是『和泉征宗老師』本人。而且——我們也在同一個班級度過一年的時光，你不是會說那種謊話的人喔。」

「…………………」

我跟店長呆然地注視著高砂同學。

「今天是『和泉征宗』出道作品的發售日，會在店裡頭鬼鬼祟祟地應該就是這個緣故吧～」

……被看穿了。

「哼嗯——」

店長面露難色地把雙手交叉在胸前。

「知道啦。喂，小鬼。不要再到店裡喧鬧喔。」

「是的，真的很抱歉。」

「…………………」

店主站起來，回到店裡頭顧店。

他也許並沒有外表看起來那麼恐怖……不管怎麼說，還是不要再給人造成困擾。

「……呼，得救了。」

當壓迫感的集合體離開備品室以後，我總算能鬆口氣。

不過這時候，高砂同學很開心地靠過來。

「所以？和泉征宗老師——這情況好像很有趣，可以說給我聽聽嗎？」

＊

「啊！紀念日是指我出道作的發售日啊。第一次跟妳講話好像也是那天嗎？」

「沒錯沒錯！什麼嘛～你不是記得很清楚嗎？」

場面再次回到現在的高砂書店。

「之後阿宗因為希望在學校隱藏自己是輕小說作家的身分，所以就開口說——希望我能幫忙保密。」

「妳一直都有幫我保密呢。」

「那當然，畢竟都約好了嘛～」

「本來以為妳會馬上就說出去的。」

「喂～太過分嘍。別看我這樣，實際上滿講義氣的唷。」

「我知道，畢竟是朋友嘛。」

「沒錯，是阿宗在學校唯一能夠聊輕小說話題的朋友。對我而言也一樣呢。」

先不說我自己，但智惠在學校應該也算是朋友很多的人。

不過果然還是沒有跟她這個負責輕小說專區的書店店員相同等級，能夠盡情討論輕小說的女孩子在。

所以——對我們彼此來說，這都是個很棒的邂逅吧。

「智惠。」

我看著朋友的眼睛，向她道謝。

「今後也請妳多多指教。」

能夠遇見妳真是太好了——我灌注這樣的思念在其中。

雖然不知道有沒有傳達給她知道。

「……嗯、嗯嗯。」

智惠顯得忸忸怩怩又滿臉通紅，真不像她的風格。

「妳在害羞什麼啊？」

「咦？不是啦，都是因為你突然這麼說的關係呀！」

嗯，其實我也講得滿害躁的。

我像是要矇混過去般舉起單手。

「那就先這樣，我要回家看書啦。」

「嗯，你好好休息喔。」

「嗯。」

我轉身走出去。

「啊，阿宗——」

「嗯？」

轉頭一看，身穿圍裙的智惠對我露出燦爛的笑容。

「讀完我挑選的書以後，要講感想給我聽唷。」

「——」

智惠最有魅力的，就是像這樣推薦書籍給某人的時候。

普通的輕小說女主角，根本無法跟她比擬。

——不過這麼令人害羞的台詞，我實在無法說出口。

從高砂書店買完輕小說回家後，村征學姊來到玄關迎接我。

「歡迎回家，征宗學弟。」

「啊、嗯……我回來了，村征學姊。」

這種新妻感……是怎麼回事？這個人還是老樣子，明明年紀比我小卻充滿成熟女性的魅力。

「那個……妖精跟紗霧呢？」

會這麼問，是因為只有村征學姊出來迎接我的這種情景感覺太不自然了。如果又是全部人一起吵吵鬧鬧地跑出來迎接——這種情況我還能理解。

「那個啊，那是因為……」

村征學姊苦笑著回答：

「剛才你逃出家裡以後——大家有好好討論並且反省。今天對征宗學弟而言明明是難得的休假——所以那樣實在不太好……這樣。真對不起，我代表大家向你道歉。」

恩人代表這樣低頭道歉，讓我慌忙揮手否定。

「不不不！這點小事，想到我受到的照顧就不是什麼大不了的問題！……不過，剛才的確是忍不住逃跑了沒錯。」

「你肯這麼說，我們也算獲得救贖——總而言之，我們不會再妨礙你休息了。今天這個休假日，希望你能悠閒度過。」

「嗯，我就心懷感激地……這麼度過吧。」

依照當初的預定計畫，我回到自己房間開始閱讀輕小說。

整個人趴在床上，翻閱書頁。

這跟撰寫時不同，我閱讀的速度並不快。一本文庫本會花上兩個小時悠閒地閱讀。這是平靜又安穩，非常幸福的時間。

——我真的受惠良多呢。

本來如果沒有大家協力幫忙——現在應該還在拚死工作中吧。

累積在腰部的沉重疲勞，現在反而讓人感到舒暢。

想必等到後天休假結束後，就會變得清爽又有活力，能夠再度埋首於作品的創作之中吧。我有這種確信。

到了第二本小說讀完一半的時候。

叩叩，房門被敲響。

「是，請進。」

我挺起身子回應，接著是村征學姊打開房門現身。

她露出楚楚動人的微笑說：

「征宗學弟，再十分鐘左右就是晚餐時間了，請你到客廳來。」

「好，我馬上過去。」

我將讀到一半的書夾上書籤，放在枕頭邊。

村征學姊看著我閱讀的書，溫柔地詢問：

「你喜歡那本書嗎？」

「雖然才剛看完一集，不過應該會喜歡上……吧。」

「喔。」

「這是常去的書店所推薦的書籍，是適合我『在假日閱讀的書』。每一本都完全符合我的需求呢。」

「也就是說，這是你『會想在假日閱讀的書』嗎？哼嗯，真令人感興趣。從書名看起來，類型似乎也都不同？」

「嗯——該怎麼說才好呢。這跟類型無關……我想在假日閱讀的……是跟自己撰寫的書不同方向，同時又很有趣的書。」

我的回答讓學姊感到疑惑。

「？我不太懂耶？」

「這還滿難說明的……就是說讀完後我不會產生『這橋段被先寫出來了！好不甘心！』或是『啊——還有這種寫法啊！』還有『嗚喔——輸給這段劇情了！可惡，我要重寫！』這種想法的書籍是最好的。如果是跟自己相同方向的作品，越是有趣就越容易產生想要學習、研究或是對抗的想法——要當成在休假時閱讀的書，得是能不當成工作閱讀的書……也就是『能以一名讀者的身分好好享受的作品』是最棒的。」

「喔喔，原來如此……」

學姊似乎能接受這個說法而不停點頭。

「這真是我難以理解的感覺。」

「也許是吧。」

畢竟村征學姊都是自己一個人就把作品完結了嘛。

「這麼說來，也有你『不想在休假時閱讀的書』嗎？」

「那當然有啦……山田妖精老師的《爆炎的暗黑妖精》也是其中之一……」

「也是其中之一？」

「…………………………」

「征宗學弟？怎麼突然不講話了呢？」

村征學姊注視著我的臉。

之所以講話講到一半就停下來，是因為對我而言「最不想在休假時閱讀的書」……

——就是妳寫的書啊！

沒錯。

對我來說，千壽村征這名小說家……一直都是很特別的存在。

*

這次我想聊聊關於這位「比我年輕的學姊」。

千壽村征過去是和泉征宗的天敵。

跟我很相似的筆名、很相似的風格、很相似的快筆、超過六十倍以上的銷售成績、比我更年輕、文庫裡最年少的輕小說作家。

累積銷售量超過一千萬本的怪物。

新人時代的和泉征宗過著每件事都被拿來跟「他」比較，工作上充滿壓力的每一天——內心受到許多創傷，好幾個新企畫被否決，甚至陷入差點要放棄執筆的危機。

雖然很丟臉，但自己也曾經有過「村征非死不可」、「只要沒有那個傢伙在就好了」這種憤恨不平想法的時期。

之後，我跟這位村征學姊是在「輕小說天下第一武鬥會」時第一次見面的。

第一次面對面、交談——然後產生衝突。

不過這並不是能在這邊講完的故事，雖然因為實在太長所以必須割愛。但是因為這次的事件，讓我跟村征學姊之間的關係產生巨大的變化。

我的天敵，比我更年輕的學姊——千壽村征。

她是個很適合穿和服，當時十四歲的女孩子。

村征學姊是個怎麼樣的人呢？如果有人這麼問我的話，那還真的有點難以回答。

說起來，這是以前我跟學姊一起去家庭餐廳時發生的事情——

「村征學姊，妳決定好要點什麼了嗎？」

我向坐在對面的學姊詢問後，身穿和服的她……

「…………」

卻完全沒有任何回應。只顧著用嚴肅的表情看著半空中，並保持那美麗的姿勢不動。

「學姊？喂～學姊？」

在她眼前揮手也沒有反應，眼睛明明是睜開的卻一動也不動。

由於她皮膚白皙容貌也端正，這樣看起來彷彿變成蠟人像一樣——總之會給人這種不可能發生的想像。

「…………學——」

「好！」

「嗚哇！」

學姊的眼神重現光彩——才這麼想，她突然放聲大喊。我嚇了一跳，差點向後翻倒。從「靜」到「動」——開始生氣勃勃地活動起來後，她把頭轉過來確認我的存在後。

「嗯？征宗學弟？怎麼了嗎？」

「那是我想說的話。妳是怎麼了嗎？突然喊得那麼大聲。」

「是啊——征宗學弟，我決定好了！」

「……喔、喔喔……決定好要點什麼，有必要那麼誇張嗎？」

村征學姊用充滿活力的語氣說：

「我要把戀人殺掉！」

「學姊！妳那麼開心地在說些什麼啊！」

現場變得鬧哄哄……同時充滿喧囂……！

討厭，她說要殺掉……是情感糾紛之類的嗎……？

看吧！周圍的客人都看向這邊，在想發生什麼事情了啦！

學姊疑惑地歪著頭說：

「你問什麼？就是我現在撰寫的戰鬥小說的內容啊？」

「我知道啊！就是講女主角！主角的戀人吧！但是其他人聽起來就不是那麼一回事了！」

「不要阻止我！這是我深思熟慮後的結論！」

不，我想阻止的是妳那奇異的行為……

這時候，學姊突然露出凶惡的表情。

就是第一次見面時，那種充滿反派氛圍的模樣。

「哼……既然如此的話，也只能殺掉那傢伙了！而且要盡可能用殘忍的方法！——不如說，我認為你是位擅長運用凶器的專家，所以想尋求建議。和泉老師！如果想把人體誇張地大卸八塊，應該要使用哪種刀刃比較好呢！」

「拜託妳別再說了！這裡是我家附近耶！」

不行。

原本想要宣傳學姊的魅力，但好像反而讓奇怪的地方變得更顯眼。

呃，這麼說來……學姊的優點……優點……嗯——

不但是美人又很帥氣，非常適合穿和服。還有白皙透亮的膚色跟充滿女性魅力的後頸……啊，還有意外地穿起衣服後會看起來比較瘦，所以胸部……咦，怎麼都在講外觀呢！

由於我腦內的妹妹開始說「哥哥你好色」了，所以來講些不同方向的優點吧。

她非常擅長撰寫小說——不過這個已經說過了。

那麼，就是這個。

千壽村征學姊，是個無與倫比的大人物。

有一次，曾發生過這樣的事情——

那是在我家客廳，跟學姊一起看電視的時候。

「學姊，這個電視劇妳覺得如何？」

「普通。」

「……這樣啊，那剛才看的魔法少女動畫呢？」

「算普通。」

「原、原來如此……那之前看的特攝呢？」

「那拍攝場景在我家附近。」

「…………………」

讓我來解說一下。

村征學姊罹患一種即使閱讀書店販賣的小說，除了少部分的特例之外，其他作品都完全不會覺得有趣的「疾病」。

得知這件事的時候，我在內心這麼想：

——那小說以外的東西，又會如何呢？

會這麼說，是因為創作者是種不管在好壞方面都會受到各種作品影響，然後藉此學習、成長的人種。當然會受影響的，就是那些自己喜歡的作品。

學姊能夠寫出那麼有趣的小說，我實在不覺得她會只受到「自己喜歡的少數例外作品」的影響。

然後我向本人詢問看看，於是她給我這樣的回答：

『我也不是完全無法從中獲得樂趣。而且我個人能不能獲得樂趣，跟有沒有從那個作品之中學到東西又是兩回事。』

即使是自己不覺得有趣的作品也能學到東西，就是這麼一回事吧。

這真是令人感到佩服，我也要好好看齊。

『——話雖如此，但老實說我也的確稍微有些偏見存在。不管是動畫也好還是電影也好，我實在很不喜歡必須在畫面前待上一定時間這件事。』

畢竟她會馬上想到小說的題材，然後變成像之前在家庭餐廳那樣的情況。

這麼一來，電影的內容毫無疑問地會被拋諸腦後。

根本不必嘗試，看來千壽村征很不適合觀賞影像作品。

『既然如此的話，學姊要試著來我家看看嗎？家裡滿多當成資料用的ＢＤ。』

『——如果你能陪我一起看的話。』

關於學姊提出的「條件」，雖然我搞不太懂……

但似乎就是這麼一回事。

所以從剛才開始，我就跟學姊兩個人一起並排坐在沙發上觀賞各種影像作品。

正如大家所見，學姊的反應不是很好。

後來又持續觀覽幾個小時以後，我這麼開口說：

「果然不行嗎？每一部都是我感覺很有趣的作品說。」

「不，也不是這樣。裡頭也有還不錯的作品喔！」

「真的假的？」

有能讓這個學姊說出「還不錯」的動畫？

「是哪部？」

「現在電視播映的動畫。」

學姊若無其事地指著電視，我的視線順著她的手指看去。

「…………………………」

我用手揉著眼睛，然後再確認一次。

不會有錯的——因為這是我自己錄影，然後播放給學姊看的東西。

這部動畫是——

「嗯，這真的很不錯呢。沒想到能讓我有這種想法的作品，現在就正在播映中。我真的完全不知道。如果原作是輕小說的話還真想立刻去閱讀。這部的作者是誰？」

「是妳啊，就是妳。」
「咦？作者名字叫做『妳』嗎？」
「這部動畫的原作者是學姊啊！」
「是我？」
學姊不停眨動眼睛。
這個……！這個人！她不是為了炫耀才裝傻的喔！
她可是很認真在講喔！你們能相信嗎！
我一開始也嚇了一跳啊——因為這個人明明是小說家，可是直到我提出來之前她都不知道自己撰寫的小說書名叫做什麼。
「是妳啊！《幻想妖刀傳》！之前不是才完成新刊的稿子嗎！記得妳跟我說過自己已經記住書名了吧！」
「《幻刀》？這部動畫？哼嗯——雖然感覺的確有點像……可是內容不是不一樣嗎？我寫的可不是這種故事喔。」
「那是因為妳沒有監修啊！」
這部動畫跟村征學姊撰寫的原作小說相比，登場角色跟故事雖然幾乎相同。但是因為劇情的解釋上有些許差異，角色的性格、台詞也有些不同，再加上刪減掉一些重要情節——這些部分持續累積下來，結果就變成「跟原作完全不同」的這種狀況。原作書迷的評價也非常惡劣。

不過，雖然這也算是跨媒體製作常有的現象。

但既然是原作者，應該至少會發現這是以自己的作品作為基礎的吧。

…………………………不，正因為是原作者，就會因為稍微變得有些不一樣就無法當成是自己的作品看待——說不定是這樣子。

「跟原作完全不同」——那些說這是摧毀原作的人們，真的並非言過其實。

這個人是真的不知道。

「咦？這個？哪裡是啊？」——還說像這樣的話。

……既然如此，接下來會如何呢？

當村征學姊第一次知道，自己的著作變成「另一款作品」時——會有什麼反應呢？……感覺好恐怖。

我流下冷汗，看著學姊的臉。

她疑惑地側著頭說：

「哼嗯，是這樣子的嗎？」

嗚哇……看起來是覺得完全無所謂的樣子。

「可是——《幻刀》的動畫，現在還在播放中嗎？」

「已經播完了，這個是錄影下來的。」

唉，我嘆了一口氣。

如果給這個人的書迷聽見，恐怕會誇張地大滑一跤吧。

千壽村征學姊是個除了撰寫小說以外，對其他事物幾乎沒有興趣的人。

夢想是「寫出世界上最有趣的小說」。

所以……對跨媒體製作的應對會變成這樣，也是無可奈何的事情。她是個跟路邊石頭沒兩樣的原作者。

這時候動畫的前半部結束，由《幻刀》第一女主角的聲音播放這樣的廣告。

『劇本由原作者完全監修的ＰＳ４版《幻想妖刀傳》好評發售中！所有人都絕對要來買喔！』

「騙誰啊！」

我大聲地對著電視機發出吐槽。

總之……跟各位聽聞的一樣，說她是大人物也的確沒錯對吧？

唔嗯……總覺得這樣好像都沒有提昇學姊的形象。

再說我每次跟學姊見面時，感覺好像都在大聲吐槽而已……不，不會的。一定也有不是這樣的時候才對！快讓我想起來啊……！

對了，那是去年九月。

有到海邊集訓的暑假結束，可喜可賀地迎接「和泉征宗的新刊發售日」之後的事情——

這一天，學姊為了跟妖精一起來跟情色漫畫老師見面而來到我家。

另外這時候妖精還沒過來。

「學姊，可以請妳在客廳等一下嗎？」

「那當然沒問題。啊，不用那麼客氣。只要放著我不管，我可以在這裡寫上好幾個小時的小說。等那亞人種來了再告訴我。」

學姊在沙發坐下後，立刻拿出筆記本與鉛筆。

另外所謂的亞人種，是指住在我家隔壁的美少女輕小說作家山田妖精老師。真虧她想得出這麼嚴苛的蔑稱。

「我可不能這樣接待客人啊——既然機會難得，要不要來聊聊天呢？」

當我在她身旁坐下並如此提案時，學姊立刻把筆記本闔上。

「既然是深愛的征宗學弟這麼說，那就沒有辦法了。對我而言，你是世界上唯一優先於執筆的存在。」

「深、深愛……這。」

轟隆，我彷彿聽見這種狀聲詞。想必我一定變得像戀愛喜劇漫畫那樣滿臉通紅吧。遇到這樣如此直接地把情意表達過來的情況，真是讓人很不好意思。

而且……

這、這是戀愛小說的台詞嗎！在現實中被這麼講，也太令人害羞了……！

「那、那個……學姊。」

我勉強往對方的臉上看去，而始作俑者的學姊也轟隆……地，連耳根子都整個通紅。而且還用雙手摀住臉，在那邊不斷發抖。

「自己說出來還這麼害羞喔！」

「等、等我十秒鐘……」

學姊苦悶掙扎一陣子後，才嘶～呼～地深呼吸。然後就恢復成凜然的表情。

「好啦，我們要來聊些什麼呢？學弟。」

「現在才來耍帥也太遲了，學姊。」

這是想把剛才那麼害躁的模樣，當作不存在是吧。

「畢竟我們都是小說家，講到共通的話題果然就是跟創作有關的吧。」

竟然一臉若無其事的表情想要矇混過去。

雖然很想反過來捉弄她一下，但我想身為學弟還是得理解學姊的想法。迷惘一陣子之後，我這麼開口反擊：

「這麼說來，學姊撰寫的《幻刀》雖然說會在下一集附近讓女主角死掉，那之後會是怎麼樣的發展呢？」

我原本只是稍～微試探一下才這麼詢問。

可是——

「下下集就會復活了喔？」

「不要輕易把這麼重要的劇情劇透出來啦！」

既然是作者，就要多顧慮一下讀者的心情再回答啊！

不過，跟這個人講也沒用吧……

畢竟她設想的讀者終究是自己，其他根本沒有放在眼中。

「這下興致都來了。好，如果是你的話那說出來也沒問題吧。其實主角體內沉眠著潛藏的力量——就是利用這股力量，女主角才能夠死而復生。」

剛剛才說過不要劇透，妳根本沒有在聽吧！

我之所以沒辦法這樣吐槽，是因為述說著自己作品的學姊看起來非常開心。於是我笑著回問她：

「潛藏的力量，跟之前所使用的能力不同嗎？」

「不同，之前使用的不過是『真正力量』的一小部分而已。雖然是滿久之後的事情，但完全覺醒的主角預定將成為作品中最強等級的存在。」

「『主角的覺醒劇情』嗎——是必備劇情呢。這預定是要寫在第幾集呢？」

「一百集。」

「一百集嗎！」

這個人是認真的嗎……輕小說要寫到一百集，這可是無比荒誕的數字啊。

「順便問一下……學姊妳打算寫多少集？」

「目前構想到兩百五十集了。」

「距離完結還要花上六十年左右呢。」

從初期就開始追這部作品的讀者，大概都要過世了吧。我也得努力長命百歲才行。

「我打算把最後一集送給孫子當成禮物。」

「那還真是——遠大的夢想呢。」

我真的這麼認為。看她認真到這種地步，我連想開個玩笑都辦不到了。

村征學姊露出可愛的笑容。

「謝謝，都是多虧了你呀。」

「？這什麼意思？」

「呵呵……別在意。是我這邊的問題。」

村征學姊聳聳肩膀，沒有回答我。

這個話題已經結束了——我感受到這樣的意思。

「雖然能理解妳打算把《幻刀》一直寫下去……不過當然也會撰寫其他作品吧？」

「是有這個打算。不只是戰鬥系小說，我現在還打算要挑戰各式各樣類型的小說喔。例如說——戀愛喜劇之類的。」

「說起來，之前學姊有寫過戀愛喜劇小說呢。」

「唔……嗯、嗯嗯。」

村征學姊點點頭。她之所以會有所動搖，是因為學姊撰寫的戀愛喜劇小說的內容，是用我跟村征學姊作為模特兒。

她以超過一百頁的情書——對我發出愛的告白。

這段來龍去脈……就不在這邊提起。

我忍住害羞的心情，繼續接著說：

「試著撰寫第一次接觸的類型後……感覺如何？」

「戀愛真的很困難呢——也因為如此，才更值得挑戰。」

村征學姊笑著這麼說。彷彿像是在享受，這種無法順利進行的事情一樣。

「學弟，以前我從來都不能了解戀愛故事到底哪裡有趣。不管是漫畫、小說、電影還是動畫都一樣。這類型裡頭，我沒有遇見過任何一部能觸動自己心弦的作品。」

「…………………」

「我無法對任何一名登場角色產生共鳴。不管是愛戀也好，還是喜歡厭惡也好——這些名詞總是讓我想不通，也提不起興趣。我跟正在談戀愛的角色，無法共享感情。想必我一定沒有觀賞戀愛故事的素質。所以有了先入為主——戀愛故事都很無聊的觀念——於是就對打算撰寫戀愛喜劇的你感到憤怒。」

這時候她嘆口氣。

「征宗學弟，戀愛真的好有趣喔。」

說出跟剛才完全相反的話。

「光是想著喜歡的人，就會非常興奮——同時臉紅心跳——這種心情，現在的我……就非常能夠明白。」

「……學姊。」

我之所以無法言語，是因為她的笑容實在太有魅力了。

那是超越任何戀愛小說的破壞力。

「現在的話，我好像就能寫出非常有趣的戀愛小說……到時候，還能給你閱讀嗎？」

「……嗯，我一定會好好閱讀的。」

我真誠地回答。

想必她新撰寫的戀愛小說，一定會是無與倫比的最高傑作吧。

*

「休假第一天」的夜晚，我一個人在浴缸裡頭自言自語：

「……沒想到會跟那個村征學姊住在同一個屋簷下。」

如果是跟那個人相遇之前，還把她當成宿敵怨恨的時候，實在無法想像到這種狀況。

如果對剛出道的我說，你會被千壽村征告白還住在一起——就算講這種話，也只會被笑說你在講什麼蠢話吧。

「呼……」

我在浴缸裡把腳伸直，緩緩吐一口氣。

「……去了書店……閱讀輕小說……吃過村征學姊作的晚餐……家事也全部都幫我做完了。」

——雖然今天也發生許多事情，但是跟昨天之前比起來算是有好好休息了。

「明天會怎麼樣呢？」

後天又要開始工作了。那這樣，說不定乾脆直接睡個一整天也不錯。

以前看到老爸休假時睡一整天的模樣，還是小孩子的內心就會有「明明是難得的休假，這樣睡一整天不會無聊嗎？」這種覺得很不可思議的想法……

但那個是為了能讓自己努力工作——所以在「全力好好休息」呢。

自己終於明白了。

泡在溫暖的熱水裡，我閉上眼睛在腦中數著數字。

「好啦，差不多該出去了。」

當我從浴缸站起來的瞬間——

喀啦！

「——啊？」

「——咦？」

村征學姊走進來了。

該說幸好，還是說很不巧呢……由於被煙霧掩蓋住所以我幾乎什麼都沒看到……

但她是一絲不掛的模樣。

我——還有村征學姊——也因為突如其來的異常狀態而陷入僵硬。

「…………………………………………………」

「…………………………………………………」

我們就這樣全身赤裸地互相看著對方。

不久後我們就像狀況很差的電腦一樣，用沉重的動作緩慢移動視線。

我的視線從村征學姊的臉往下移。

她也像是順著我的視線一樣，讓自己的視線往下看向自己的裸體……

這時她終於了解狀況……

「……呀啊。」

先是小聲的尖叫後……

「～～～～～～～～～～～～～～～～～～～～～～～～～～～～～～嗚！」

再發出不成聲的慘叫，臉龐也像是泡進滾水一樣滿臉通紅。

她拿起白色毛巾蓋住豐滿的胸部，用快哭出來表情說：

「為……什麼……你會……！現在是女性洗澡的時間吧……？」

「是、是是是！是妖精講說我休假的這兩天，男生可以先來洗澡的啊——！」

「我、我沒聽說啊！不、不要看啊啊啊啊！」

啪唰！她用力把門關上，慌慌張張地逃離現場。

我從頭到尾就只能張大嘴巴，目送她離去。

「……剛才那是什麼情況……」

等我終於恢復正常後，首先想到的是……

——應、應該要看得更仔細點才對！

我這種想法真是有夠差勁，不過畢竟是高中男生所以也沒有辦法！

「啊……感覺一瞬間就泡暈頭了。」

我無力地自言自語。

剛才這驚天動地的事件，讓我有如酩酊大醉般整個人攤軟下來。

雖然是輕小說常發生來服務讀者的情景，但是在現實中發生可真不是開完笑的。

洗完澡以後，我該用什麼表情跟村征學姊講話才好。

我雖然已經滿身瘡痍，但沒想到試練還沒有結束。

喀啦喀啦，浴室再度響起開門聲。

「……征、征宗學弟……我來幫你擦背了。」

村征學姊再次現身。

「等等！妳、妳妳、妳為什麼又跑回來！」

身上只有圍著毛巾的村征學姊依然顯得淚眼汪汪，卻又莫名帥氣並裝出很有自信的模樣登場。

「雖、雖然剛才一度陣前逃亡……但跟紗霧的戰鬥已經呈現劣勢的現在！我只能做好覺悟回到此地了！」

「不要把澡堂講得好像戰場一樣！」

「對我來說就是一樣！……現在才要正式開始！」

「妳真的給我出去啦！要不然就是更努力地把身體遮好！」

那條浴巾眼看著就快掉下來了……唔啊，真受不了！

萌系動畫的那種水蒸氣到了普通家庭的浴室裡，就真的都不肯工作耶！

「我豈能現在陣前逃亡！你就做好覺悟吧！」

失去理智的胸部村征學姊做好要幫我擦背的覺悟後，半裸著身體逼近而來。

「——」

我只能拚死閉緊眼睛撐下去。

當然既然吵吵鬧鬧到這種地步，其他同居人們也不可能默不作聲。

「征宗！到底發生什麼事了！」

妖精&紗霧（平板）衝進浴室裡頭。

「小、小村征！妳在幹什麼！」

「所有人看好！正如妳們所見！我跟征宗學弟一起入浴了！」

唔喔喔喔！村征學姊在浴室發出勝利的歡呼聲。

「然後我——！終於看見征宗學弟的裸體啦啊啊啊啊！」

這個人果然不懂戀愛喜劇跟戰鬥小說的差別！

「哈！村征，事到如今已經太遲啦！」

然後，這時又有個想要順著競爭對手的氣勢來搭便車的傢伙出現——

是妖精。她有如冠軍進入擂台般，一口氣把上衣脫掉。

「本小姐早已經——跟征宗睡過啦！」

這傢伙又來了！又故意用這種會招致誤解的講法！

「喵！妳說什麼～～～～！征宗學弟！這是怎麼回事！」

「別管那麼多，快把衣服穿上啦！今天不是我的休假日嗎！」

已經整個都變成亂七八糟了啊。

上半身只穿著內衣，抬頭挺胸地屹立在更衣間的妖精。

以及半裸著身子抓住這個暴露狂的村征學姊。

還有……

「真是的啦～～～～～～～！妳們給我……！差不多一點————！」

咚咚咚咚！彷彿要爆炸般響起的踩地板聲。

在這無法收拾的大騷動裡頭。

「啊啊啊啊啊！我已經受夠同居生活了啊啊啊啊！」

即使我試著大喊這種懷舊搞笑漫畫的結尾台詞。

舞台當然不會就此閉幕，只有無情的現實持續存在著。

情色漫畫老師
ero manga sensei
第三章

和泉紗霧／十三歲／家裡蹲。

我是個繪製輕小說插畫的插畫家。

使用以島嶼名稱作為由來的筆名……

被稱呼為情色漫畫老師。

我有個名叫和泉正宗的名義上的哥哥，從幾年前開始就兩個人住在一起。

現在因為種種原因，正住在同一個房間裡頭。

而我們和泉紗霧與和泉正宗，不是兄妹。

這並不是「沒有血緣的名義上兄妹」這種意思。

我從來沒有把正宗當成哥哥看待過。

我那些麻煩至極的任性要求，他總是毫無怨言地幫忙完成。

每天日復一日，煮出即使是非常偏食的我也能吃下去的餐點。

我變成家裡蹲後，也總是在一旁溫柔守護著的——哥哥。

可是，我絕對不想成為那個人的妹妹。

我不想叫他「哥哥」。

在一起的時候，我不想被人當成「兄妹」看待。

……我是打從心底，這麼想著的。

從第一次見面「之前」開始，我就一直這麼想著。

只是……

──所以就稍微，為你裝成妹妹的樣子吧。

因為有這麼約定過。

因為那個人是這麼希望的。

真的拿他沒辦法……所以才心不甘情不願地……叫他哥哥而已。

真的……只是這樣而已……

說他最喜歡我的──哥哥。

比任何人都更珍重我的──哥哥。

想要跟我成為家人，想要成為真正的兄妹──如此希望的哥哥。

像這樣的他，我只有在內心裡頭…………

會叫他正宗。

「正宗的休假」第二天早晨。

吃完小妖精煮的飯（當然是在這個房間裡頭）以後，我趴在床上畫起插畫。

「嗯～～♪哼～～嗯～～♪」

我最喜歡畫圖了。尤其是畫可愛又色色的女孩子插畫時，更是如此。

所以很自然就會開始哼歌。

我想其他插畫家們一定也是這樣吧。

不過，現在畫的不是女孩子的插畫就是——

「呵呵。」

這是跟色色的女孩子同樣喜歡的角色。

我把平板暫時放下，停筆下來往床邊瞄了一眼。

正宗正在鋪好的棉被上睡覺。

他先起床吃完早餐以後，又回到這邊睡回籠覺。

昨天雖然為了只要一起床就睡不著而感到焦躁……現在似乎終於掌握到睡回籠覺的訣竅了。

不過雖然這麼說，由於明天又必須開始工作所以暫時沒有睡回籠覺的機會，讓人覺得有點可憐呢。

我懷抱會想發出微笑的心情，看著他的睡臉。

「要好好休息唷。」

「是啊，就讓我好好休息吧。」

應該睡著的正宗開口回答我。

「！哥哥？……你醒來啦？」

當我這麼詢問，他微微睜開睡眼惺忪的眼睛。

「沒有，我原本就沒有睡著喔——妳在畫圖嗎？」

「……咦？為什麼你會知道……？」

睡在那邊的話，應該沒辦法看見我在床上做些什麼才對。

「妳在畫畫的時候啊……」

正宗很開心地說著。

「如果狀況不錯，心情會越來越好……最後就會開始唱歌。」

「為、為什麼會知道這件事。」

「這從以前我就已經知道啦，妳剛才也在唱歌吧。所以我想說妳應該是在畫自己喜歡的角色吧。」

「……嗚嗚。」

好丟臉，臉頰都開始發熱。

……我畫圖時的習慣……不知道是什麼時候被他知道了……

「紗霧。妳工作要交的插畫，不是在昨天就已經到一個段落了嗎？」

「……這不是工作用的插畫。」

我的語氣變得有些彆扭。

其實……我明明很想再更親切地跟他說話。

「這麼說來……就是畫興趣的嗎？」

「……就是這樣。」

「妳畫了什麼呢？」

「……想知道嗎？」

「是啊，想知道。給我看看嘛。」

「……該怎麼辦才好呢。」

像這樣平凡的對話，讓我感到非常安穩。

明明相同房間裡有除了自己以外的人在，沒想到卻還能有這樣的心情。

果然正宗是個不可思議的人。

……哎呀，這可不行。不小心就開始裝模作樣了，但是我現在畫的這張插畫可不能給正宗看到。

因為這個角色——本身就是我不能對他說的「祕密」。

「哥哥，你這樣跟我說話……可以嗎？都在休假了……不睡覺沒問題嗎？」

為了矇混過去，我試著講出這句話以後。

「那當然。這幾天都住在同一個房間裡頭了，可是都忙碌到只講些工作的話題嘛——這是個好機會，讓我們輕鬆聊聊天吧。」

好機會，是嗎？

這個單詞，莫名地會在耳邊迴盪。

——的確，這說不定是個好機會。

我看著畫到一半的插畫思索著。

正宗說得沒錯。

我跟他住在同一個屋簷下——還不只如此，現在已經住在同一個房間裡。

但我們對於相互之間的事情卻知道得太少。

「……嘿咻。」

我下床來到他所躺位置的旁邊，跟著一起躺下。

於是正宗他很明顯地產生動搖。

「喂、喂喂。」

我也感到非常害羞啊！

「不是哥哥的異性」睡在旁邊的話——就會讓人感覺臉紅心跳……甚至會讓我昏過去的程度。

我把自己的心情隱藏起來，同時也裝作沒有發現正宗的動搖並且說：

「哥哥想要跟我……聊天不是嗎？」

「是、是這樣沒錯啦！」

「奇怪的哥哥。」

我微微笑著。

叫我魔性之女紗霧吧。

「……那個……在聊天之前，我有些話想要跟哥哥說。」

我突然擺出認真的表情。

「妨礙你的工作，真的很抱歉喔！」

「！」

「……都是我說『不要勉強自己』而阻止你，才讓哥哥煩惱許久……這個我都知道。」

明明都是「我」這個家裡蹭給他帶來那麼沉重的負擔，卻還要他別太勉強自己。我到底有什麼資格能講這句話呢。

即使如此，我還是沒辦法不說出口。沒辦法不去阻止他。

因為人是會突然消逝的。

聽完我說的話，正宗微微搖頭。

「——不，妳別道歉。決定要動畫化後，就有各種跨媒體製作的企畫被提出來——這也讓我興奮不已。越是工作就有越多成果這實在太令人高興，我也就變得看不見許多事物。如果沒有紗霧跟大家來阻止我……想必我會拿『這是為了夢想』來當成藉口不停地把工作時程塞滿，結果最後就是整個人累倒吧。」

「……………………」

會累倒也是因為有妹妹在扯後腿的關係——這樣的話，他絕對不會說出口。

甚至從一開始，他就沒有這種想法吧。

取而代之的，他說出這樣的話。

「真的很感謝妳，為我的身體著想。」

「……我才是。」

我沒辦法正視他的臉。

謝謝你沒有勉強自己。

總是非常謝謝你。

謝謝你為我帶來夢想。

感謝的心情只能喃喃自語地小聲說出來。

明明知道不清楚說出口的話，就無法傳達給他知道。

「紗霧？」

看到我低著頭，正宗訝異地出聲叫我。

「哥哥……你想跟我成為家人嗎？」

「是啊，我想跟紗霧成為家人。成為——真正的兄妹。」

「是嗎，那這樣……」

我不想成為種關係。

「為了讓我們成為真正的家人。」

所以我露出笑容說謊了。

「要不要我們兩個人來聊聊天……？聊些過去的往事。」

「過去的往事？」

「對。就是我跟哥哥……相遇之前的事情。我跟哥哥開始住在一起——接下來，就知道了許多對方的事情呢。」

「是啊，就是說呀。像是紗霧不太吃肉類，還有會邊哼歌邊畫圖之類的。」

「哥哥是個感性很奇特，老是喜歡買古怪零食的人。還有真實身分是和泉征宗老師之類。」

「還有情色漫畫老師的真實身分就是妳這也是呢。」

「人家不認識叫那種名字的人！」

他老是這樣馬上就想挖苦人！

「總而言之。」

我回到主題上。

「我知道許多關於哥哥的事情。」

「我也知道許多關於紗霧的事情喔。」

「可是——」

「這麼說來，我們完全不知道相遇之前的事情耶。」

「…………嗯。」

我倒不是這樣就是了。

不過也的確有很多不知道的事情。

「把哥哥過去的往事說給我聽吧。」

「好啊。相對地，也要把紗霧的過去說給我聽喔。」

「……嗯，我知道了。」

我們互相許下承諾，然後……

「為了讓我們成為真正的兄妹。」

為了讓我們不要成為種關係。

「來聊聊過去的事情吧。」

＊

好啦，「與紗霧相遇之前的事情」嗎？該說些什麼才好呢……

「這麼說來……哥哥你還記得……第一次撰寫小說時的事情嗎？」

「那當然，我記得很清楚喔。因為有個讓我迷上寫小說的重大『契機』嘛。」

「『契機』……那就講講這個吧？」

「ＯＫ。這樣子……得從『我跟網路小說相遇為止』這邊開始說起才行。雖然有點長又有些陰鬱……但請妳忍耐一下聽完吧。」

那是六年前左右，當我還是小學五年級的時候。

當時老媽才剛過世，家裡非常地陰沉。

老爸因為工作而幾乎不在家，所以我就是所謂的鑰匙兒童。

「我回來了——」

放學以後回到家裡，打開玄關……總是只有昏暗的走廊在迎接我。現在雖然能笑著講這件事……但實際上，這真的非常難受。

會說著「你回來啦。」來迎接我的母親已經不在了。這就像是重新確認，這個家裡只有我一個人一樣。

內心感到一陣刺痛。

現在也是一樣。會對打開玄關的門鎖，還有轉動門把感到害怕。

這一天我趕快在房間把功課寫完以後，自己一個人坐在昏暗客廳的椅子上煩惱著。

該怎麼辦……才好。

雖然知道現在這種狀況很不好，但要怎麼辦才能好轉——

這方面完全沒有頭緒。

——我該做些什麼才好呢？——必須做些什麼才好呢？

像這樣的思考，不停在腦中打轉。

雖然不可能在幾個月內就振作起來，但是當時的我對於「母親不在了，所以很哀傷」的這種心情，應該還沒有產生自覺。

當時的我所關注的不是老媽也不是自己，而是放在「還活著的家人」身上。

——首先這邊要先想想辦法才行。唉呀，該怎麼辦……才好。

即使一直煩惱，也無法獲得答案。

那是當然的。現在煩惱些什麼以及想要怎麼做，我自己也都還很模糊。就跟數學一樣，不解讀公式就無法獲得答案。

「……肚子餓了。」

我把從學校回來路上買的泡麵灌入熱水。

同時開始播放老媽主持的料理節目影片。

生前是料理研究家的老媽，在電視上活力十足地解說食譜。

我吃著毫無滋味可言的泡麵，看著我家的廚房。

——完成了！正宗！來試吃看看！

那個開朗的聲音，彷彿隨時都可能響起一樣。

能把那豪華的多功能廚房運用自如的人，已經不在這個家裡頭。

「……我吃飽了。」

我對著沒有人的餐桌雙手合十。

這時候，玄關那邊傳來轉動鑰匙的聲響。

——回來了！今天好早！

我急忙站起來，眼神閃爍著光輝往玄關走去。

為了迎接我剩下的唯一家人。

「爸……！」

當我跑到走廊上時，表情應該瞬間消沉下來了吧。

站在那邊的，不是結束工作提早回來的「爸爸」。

「京香……姑姑。」

而是我一直不擅長相處，年輕又貌美的姑姑。

冷漠又令人畏懼的——「冰之女王」。

「妳怎麼……會在這裡。」

「我是來監視正宗，看你有沒有一個人好好看家的。」

和泉京香姑姑。

就這樣在無法理解京香姑姑的意圖之下，我跟她一起回到客廳。

——監、監視是什麼意思？

這時我才發現大事不妙。

——啊，糟糕。媽媽的影片我還開著。

京香姑姑跟我老媽的感情非常非常不好，如果看到媽媽主持的節目說不定會發脾氣。

我慌忙把電視關掉。

當然這一連串的動作都被京香姑姑目擊到，所以已經為時已晚。

「……正宗，剛才那是……」

「啊……那個……就是……」

尷尬的氣氛充斥在客廳之中。

當我無法順利想出說詞而僵硬在原地時，京香姑姑就像是失去興趣般把視線從我身上移開，接著環視客廳。

她冷漠的視線停在泡麵上。

「唉，真是的。真受不了哥哥，又只讓正宗吃些速食食品……就算很忙，也還是個沒用的男人……」

當時的我，實在非常討厭這個人講雙親的壞話。

我鼓起勇氣反駁她。不但挺起背脊，還用恐怖的表情瞪著她。

「……請不要講爸爸的壞話。」

「哼，我還沒講夠呢。真是受不了……那個人從以前就很懶散，做事也很馬虎……看吧，明明跟小孩子住一起，可是房間卻這麼散亂——」

京香姑姑用力張開雙手，想要數落老爸偷懶之處。

可是跟她的言行相反，這個房間各處都掃得乾乾淨淨的。

「咦，真奇怪……怎麼好像打掃得很乾淨。」

「……這點程度的小事，我也能辦到啊！」

我生氣地說著。結果京香姑姑不知為何呆然地說：

「……是你打掃家裡的嗎？」

「因、因為爸爸好像很辛苦……我能做到的事情……就必須去做……才可以。」

我低著頭回答。

……跟薄情的我比起來，老爸他——更加為老媽的死傷心難過。

因為已經過了幾個月，所以現在才勉強能過普通的生活——當時的情況，真的很嚴重。在一旁看著父親那個樣子，我甚至會有「現在不是自己難過的時候」這種鑽牛角尖的想法。

我真的——到底是怎麼了。

老實說，這種事情根本無從解決起。

就算打掃家裡頭或是模仿「媽媽」在做的事情，也不可能讓「爸爸」內心的傷痕療癒。

即使如此，我還是無法什麼都不做。即使知道這麼做沒有意義也一樣。

對無力的自己感到懊悔，讓我自然地咬緊嘴唇。

京香姑姑像是竭盡全力般發出恐怖的聲音。

「……你不用想這些多餘的事情也無所謂。」

「對、對不起。」

「我沒有叫你道歉啊。」

我明白她對我的言行舉止感到很不滿。

雖然很不可思議地有想過為什麼會這樣，但卻沒有更進一步去思考。

因為自己家人的事情已經占滿我的腦袋。

「外人」生氣的理由——雖然不會說完全無所謂，但優先順序就是很低。如果是「現在的我」大概就能察覺到——京香姑姑是在用非常笨拙的方式，想要幫助自己的姪子吧。

但是，當時的我不可能辦得到。

幾乎快哭出來的同時，我只能在心理冀望自己的家人能夠得救。

「爸爸他……非常喜歡媽媽。」

「我知道。」

她無比迅速地回答。

「我覺得爸爸非常難過。即使想要幫助他，但我也無法代替媽媽………………所以，至少要把我能做到的事情做一做。」

「正宗。」

面對低頭講話的我，她用無情的語氣問說：

「那這樣子，誰來幫助你呢？」

「……這種事情，我不知道啊。」

我開始啜泣。

看來這句話，對當時的我來說似乎是命中要害。

眼淚開始不斷流下。

妳為什麼要講這種話。我怎麼樣都無所謂了，求妳快救救爸爸——我的腦袋裡，幾乎被這些怒罵京香姑姑的話占領。

沒有自覺的悲傷心情，全部滿溢出來——如果是「現在的我」大概就能這麼解釋。

「……嗚……嗚……」

我那低頭哭泣的頭——被柔軟的「某種事物」輕輕碰觸。

在我確認那是什麼之前，就傳來客廳門開啟的聲音……

「我回來啦！」

「呀哇啊啊啊！」

還有京香姑姑的慘叫聲。

抬頭起來，我看到才剛回家的老爸，還有慌慌張張地手收回去的京香姑姑。

「哥、哥哥！」

老爸往這邊走過來，對京香姑姑很親暱地說：

「喂喂，妳對正宗做什麼啊？」

「什、什什什、什麼也沒做！都沒做！」

京香姑姑每次跟老爸——跟哥哥見面時就會變成這樣。

無法冷靜下來，感情持續失控——會因為一些小事開始怒吼，然後變得滿臉通紅。

跟平常那種冷淡的印象，有一百八十度的轉變。

老爸看著淚流滿面的我，責備起京香姑姑。

「不要害他哭啦。」

「我沒有害他哭！只是……」

「只是？」

「不、沒什麼……」

很可愛地嘟起嘴唇的京香姑姑，交互看著我跟老爸，充滿深意地低聲說：

「哥哥不管過了幾年都還是個笨蛋。」

「這麼說起來，不管過了幾年妳也還是一樣嚴苛呢。」

「什麼！」

轟！京香姑姑有如瞬間熱水器般滿臉通紅。

把這樣的妹妹放置在一旁，老爸緩緩在我面前蹲下。

他跟兒子四目相交，溫柔地說：

「正宗——你會寂寞嗎？」

「我……」

我心想，他在說些什麼呢？

寂寞的人不是我，應該是爸爸才對吧。

所以我用力拭去淚水，對他這麼說：

「才不寂寞！我沒事的！」

「這樣啊。」

「可是，我搞不懂。為了家人該做些什麼才好。」

我不知道該做些什麼才好，也不知道自己想做些什麼。

只是——必須做些什麼，還有必須拯救爸爸的這種使命感，充斥在內心而已。

老爸看著我，好像在思索些什麼一樣。不久後，他說：
「要讓父母親高興是很簡單的事情。」
他笑著把手擺在我頭上。
「只要你露出笑容快樂地生活，這樣子就夠了。你能夠幸福的話，我們也會很幸福。因為我們是家人嘛。」
「媽媽也是嗎？」
「是啊。」
他用力點頭。
過一陣子之後，我也一樣點頭。
「我知道了。」

場景再度回到「不敞開的房間」。
躺在我旁邊的紗霧，發出呵呵的笑聲。
「這種理解的方式……好有哥哥的風格。」
「是、是嗎？是這樣嗎……」
「因為後面發展我已經猜到了。想必哥哥的父親是希望你放鬆心情，然後過得更輕鬆愉快點……可是你卻沒有朝那個方向實行對不對？」

「唔……嗯……這、這個……算是吧。」

年幼的我，開始朝向父親提示的「目標」努力。

「很好！既然如此，我得要拚盡全力『露出笑容，快樂地生活才行！』——就變成這樣子。」

「呵呵……跟我想的一樣。」

紗霧用得意洋洋的表情笑著。我點點頭，繼續說：

「我認為必須先尋找喜歡的興趣，於是嘗試過很多種類。像是足球、棒球、遊戲或是電影這些。雖然每一種都很有趣，卻沒辦法沉迷在其中。」

我還想起來，自己曾超正經地在網路上搜尋「興趣　尋找方式」和「幸福　人生」這些關鍵字。

「那個時候，我看到在網路上撰寫小說的人們。然後覺得好像很有趣的樣子，所以就試著自己寫寫看。想說這個說不定會成功……於是就——」

「沉迷上了？」

「嗯！真的是超級有趣耶！」

紗霧似乎覺得我講的話，會讓人想發出微笑。

彷彿她不是妹妹，而是個姊姊一樣。

「哼嗯……是這樣啊。」

「剛才也說過……我會沉迷於撰寫小說，是因為有個重大的『契機』。是在跟網路小說相遇之後沒多久發生的喔。」

「喔……『契機』呀。」

由於她實在笑得太開心了，讓我噘起嘴巴問說：

「幹麼啦？」

「呵呵～沒什麼。」

「啊，是喔。那問一下，紗霧妳那時候在做些什麼？」

「正在拒絕上學。」

我的頭整個瞬間往後仰。

＊

沒錯，當正宗跟網路小說相遇時——

當時還是小學二年級生的我，和泉紗霧並沒有去學校。

直接把理由講明白就是——

媽媽跟爸爸離婚這件事，對我造成嚴重打擊。

扶養權由媽媽取得，跟她在東京都內的公寓兩個人住在一起。這天早上，我也一樣拿棉被蓋住頭在鬧彆扭。

咚咚，敲門聲響起。

「紗霧～吃早餐嘍～」

不予理會之後，就傳來悄悄開門的氣息。

啪唰！棉被整個被掀開，防禦姿勢也跟著崩潰。

我忍不住發出「哇啊！」的慘叫。然後媽媽似乎訝然地說：

「學校要遲到了喔？」

「……我要請假。」

媽媽用遙控器打開房間的燈。

「在班上遇到什麼討厭的事情了嗎？」

「沒有。」

「那不然是為什麼？」

我被這麼一問，就把在棉被裡看著的手機朝媽媽遞出去。

手機的畫面上，映出某張照片。

那是我、媽媽還有爸爸三個人一起拍的家族照。

媽媽看到這個以後，就「嗚！」地用奇怪的表情發出呻吟。

「這、這張照片是……」

「去完學校回來以後……………………爸比就變得討厭我了。」

「嗚嗚！」

媽媽遭受到嚴重的打擊，雙眼緊閉成><（X字）的形狀。

另外我到國小四年級為止，都還在用爸比、媽咪來稱呼雙親。

「……所以我好害怕去學校。如果去學校的話，這次就換媽咪——」

會變得開始討厭我也說不定。

當時的我，被這種奇怪的妄想給糾纏住。

「紗霧！」

媽媽發出「嘿咻！」聲，用雙手把我抱起來。

然後以開朗的聲音，大聲地對不停眨著眼睛的我說：

「媽咪我！最喜歡紗霧了！」

「……可是。」

「而且！爸比討厭的不是紗霧，是我！是媽咪被爸比討厭了！明明是大人了卻還這樣子，都是爸比跟媽咪不好！紗霧一點錯也沒有喔！」

她語氣風趣，但卻很殷切地訴說著。

我對這樣的母親投以單純的疑問。

「為什麼？」

「咦？」

「為什麼……媽咪會被爸比討厭呢？」

「……那……那是因為呀…………」

媽媽雙眼用力緊閉，嘴巴也整個變成ㄟ字型。

她像是在猛力忍住不去上廁所般懊惱著。

——這根本不可能說出口啊～

自己微微聽見這樣的聲音。

被女兒追問無法說出口的「離婚理由」因而陷入絕境的媽媽——

突然擺出凜然的表情說：

「等紗霧變成大人，媽咪絕對會告訴妳！」

「……唔。」

我不滿地噘起嘴唇。

「……對不起，這樣子我還是會害怕去上學。」

媽媽把我放回床上，輕輕撫摸我的頭。

「……直到妳不害怕為止，讓我們都在一起吧。」

「…………嗯。」

聽完我過去的事情後，正宗在到這個段落時問說：

「如果不想說出口那不用說也無所謂……結果紗霧妳雙親離婚的理由，到底是什麼呢？」

「媽媽她……」

「媽媽她？」

「喜歡畫色色漫畫這個興趣，被爸爸發現了。」

「Oh……」

正宗好像察覺一切般仰望天花板。

「這樣子……的確沒辦法跟年幼的女兒說嘛，這種無聊的離婚理由。」

講無聊也太過分了。

雖然我也這麼想……但是對他們當事人來說，想必是非常重要的事情。

「媽媽平常都是擔任兒童向遊戲的角色設計，所以爸爸好像也對插畫家的工作抱持那種健全的印象。對於有精神潔癖的一般人爸爸，媽媽也故意耍帥沒把自己的興趣告訴他。原本很天真地想說『應該不會有問題的啦』，結果最後卻是『完全不行』……媽媽垂頭喪氣地跟我說。」

「……在宅宅相關業界工作後，這部分的感覺就會變得麻痺呢。不知不覺間會有『這點程度的宅宅興趣應該會被接受吧。』的天真想法，這個我能體會。」

「爸爸似乎很普通地就退避三舍了。」

「不管怎麼說，畢竟紗霧的媽媽都是初代情色漫畫老師嘛。」

跟那些淺度宅宅的等級可不同，正宗邊說邊不停點頭。

「不、不要說得好像這是什麼色色的筆名一樣啦！」

「紗霧雖然不是這樣，但妳的媽媽絕對是把『情色漫畫老師』當成色色的筆名在使用吧？情報來源就是愛爾咪講的過去往事。」

「才不是嘛！媽媽也說這單純只是島嶼的名稱而已！」

「有人會用單純只是島嶼的名稱，把自己畫的色色插畫不停上傳到網路上頭嗎……？」

雖然我也微微察覺到，但就不要再追究這點了啦！

「總、總而言之……就像這種感覺……爸爸跟媽媽離婚以後……我有一段時間沒去上學。」

「既然說是一段時間，那代表之後有振作起來去上學嗎？」

「嗯。後來有個重大的『契機』之後我就有好好去上『小學』了。」

「……國中也要去喔！」

真是溫柔又含蓄的吐槽。

「……之後再說。」

總有一天要變得能夠走到外頭，這是我現在毫無虛偽的真心話。

以普通女孩子的身分去上學……然、然後要去……約會之類的……啊嗚嗚。

把我這羞恥妄想打斷的是正宗的聲音。

「所以，紗霧……那個『契機』是什麼？」

「這個嘛……是祕密。」

「喂喂，沒有這樣的吧。這可是為了成為真正的兄妹，所以才要互相講些過去往事的不是嗎？」

「哥哥你先講。跟網路小說相遇，之後馬上——就遇到讓哥哥沉迷於撰寫小說的『契機』了吧？」

「不能先從妳的往事講起嗎？」

「不行……往事講起來……好丟臉……哥哥你先講。」

「我也覺得很丟臉啊！——好啦知道啦，我先講就是了吧？」

＊

我跟網路小說相遇之後，滿快就開始進行「撰寫者」的活動。

畢竟是放學後直接回家的鑰匙兒童，閒暇時間可說是多到用不完。

大概有六天不停地在閱讀小說——想想應該閱讀了一百部以上的作品——有了「好像很有趣，自己也想來寫寫看」這種想法後，就決定動筆撰寫。

所謂的「好像很有趣」的類型主要有：

「讓自己喜歡的角色動起來好像很有趣。」

「創作自己喜歡的故事好像很有趣。」

「如果自己創作的作品大家能看得開心，好像就很有趣。」

「感想欄或是用郵件這類『跟讀者的交流』好像很有趣。」

這幾種類別。

這裡就不客氣老實說了，閱讀完大量的網路小說以後，我的確也產生「只是這樣的話，我也寫得出來。」或是「給我寫的話，可以寫得更有趣。」不然就是「這傢伙更新速度也太慢了吧，一口氣寫多點讓人一次閱讀完會比較好吧。」這類傲慢的想法。

實際上，這種傲慢的想法「在某種程度上」還滿正確的。

畢竟「和泉征宗」幾乎是用最短的時間就出道成為職業作家，也沒有遇到什麼真正像是挫折的挫折。

頂多只有在還沒掌握訣竅的最初期，因為投稿作品完全沒有人閱讀而感到困惑而已。

說真的就是開始得意忘形。

這個「遊戲」比想像中還要有趣。

在裡似乎可以比預料中——還要更順遂。

只不過這種天真的想法在出道成為職業作家後，就遭遇到悲慘的狀況而消散得一乾二淨。

不過，這部分的詳情在跟村征學姊初次見面的時候已經講過好幾次，所以在此就不多說了。

總之結論就是這樣。

在國中時出道成為作家，直到被可恨的千壽村征徹底打敗為止——

和泉征宗這個小說家，是個自信過剩的作家。

他比現在十六歲的時候更年輕、更莽撞，完全只為了樂趣而不停進行創作。

能夠像那樣進行活動，並不是……因為我有才能。

才剛開始撰寫小說的我，能獲得自信並知道「創作的樂趣」——是因為有重大的「契機」存在。

那是開始撰寫「第一部小說」的日子。

我沒有電腦，所以就用手機撰寫網路小說。寫完第一話就投稿，寫完第二話就再投稿……隨心所欲又悠然自得地把「處女作」信筆寫來。

雖然是星期天早上開始寫的，但卻寫得比想像中還要順利，到中午時已經投稿了四十話左右。

「哈哈……不過畢竟是第一次寫的小說，寫得比現在爛多了，實在是慘不忍睹……」

回想當時情況的我，突然笑了出來。

「不過，真的很愉快。因為是沉浸其中，盡情寫出來的嘛。」

「是《勇者征宗的冒險》對吧？時空幻境的抄襲……二次創作小說。我也有閱讀喔。」

「馬、馬上給我把那個作品忘掉！知道嗎！」

雖然在當時是充滿自信所寫出來的作品！

但是知道處女作被閱讀過，可是比死掉還要讓人覺得丟臉的啊！

同樣都是創作者，她明明應該能理解這種心情的啊。

紗霧從棉被裡跑出來，開始猛力挖開我的舊傷口。

「記得勇者征宗還有原創必殺技呢。」

「紗霧，等等！不要用wii遙控器模仿必殺技的姿勢！」

「呵呼呼呼……」

紗霧超開心地拿起短棒狀的wii遙控器，將手高舉到半空中開始不斷回轉。←聚集力量的動作。

然後發出平常絕對喊不出來的巨大喊叫，同時揮下遙控器。

「唔喔喔喔！雷神斬滅劍！」

「啊啊啊啊！快住手啊啊啊啊！」

這個必殺劍對我而言比什麼都有效！

去年也被村征學姊這樣搞過！

正面吃下超必殺技等級的黑歷史攻擊後，我整個在棉被上苦悶地打滾。

「哈哈哈！」

「可惡！紗霧妳性格也太惡劣了吧！」

「呼呼呼……哎呦，哥哥？你這麼不好意思的話，對當時的讀者很失禮喔！」

「當時的讀者如果也再閱讀一次，同樣會覺得很不好意思吧！」

「呵呵……沒那回事——是個很棒的回憶喔。」

「那真是多謝喔！」

不過——紗霧說得沒錯。

雖然這是部現在拿起來重新閱讀後會羞恥到快死掉，又爛到有剩的黑歷史小說。

但是「我第一次撰寫的小說」還是有讀者存在。

《勇者征宗的冒險》全兩百一十話。

我在一天之內把這些寫完，結束最終話的更新之後。就在自己的房間用力伸了個懶腰。

「啊～～～好有趣喔。」

由於一直用手機在撰寫，所以慣用手的手指頭痛到受不了。

不過這個也算是成就感的一部分，讓人感到非常暢快。

「痛痛痛……好痛喔……嘿嘿。」

「把作品寫完到最後」——我覺得這在人生之中，也是最棒的體驗之一。

用山田妖精老師的風格來說，就是「看見結果計算畫面的瞬間」。

想必大家一定不懂這什麼意思，讓我來解說一下。

當人們達成某項重大成就的時候，就會獲得成長。

妖精認為這種時候，就像是在遊戲裡頭「看見結果計算畫面」一樣。

這個時候能夠知道自己獲得經驗值，等級也有所提昇——大概就是這種感覺。

老實說我原本以為這是她常講的玩笑話，但卻能理解這句話的意思。

不管是料理也好、運動也好、小說也好，不管怎麼說。

知道自己有在進步的瞬間，我認為這的確是存在的。

對我這個小說家而言，那就是……

「把作品寫完到最後的時候。」

「把作品公開給某人閱讀的時候。」

「獲得閱讀感想的時候。」

這三種時機而已。

只要反覆進行這些事情，就能愉快地提昇等級——我是這麼深信著。

然後。

這一天這個時間，和泉征宗第一次把小說寫完的這個瞬間，用妖精的風格來講就是正在觀看結果計算畫面的時候。

當我正沉醉在舒適爽快的疲勞與成就感之中時……

「嗯？」

有郵件傳來，是我登記在小說投稿網站的作者頁面裡的信箱網址。

標題是「恭喜初次投稿&完結！」。

「！」

我挺起身體，一口氣清醒過來。

「這、這……」

我用顫抖的手指點下標題，讓內文顯示出來。接著仔細盯著它看。

真的非常有趣喔。

我還畫了勇者征宗的圖！

「────────」

郵件裡頭還附了圖檔。

是畫著高揭長劍的「勇者征宗」的插畫。

雖然畫得不算差……可是也稱不上畫得很棒。就是一張用彩色鉛筆繪製，可說平淡無奇的插畫。

「……呵……呵呵…………」

但這張插畫……

「呵……呼……呵呵…………」

為什麼如此打動人心呢。

「呀呼喔喔喔喔喔喔喔喔——！」

我當場用力跳起來。

雙手抱著手機，整個人在床上滾來滾去。

連我沉迷於撰寫小說時，也還殘留在腦袋角落的「憂鬱心情」也一起被整個吹跑。我再也不是那個「母親才剛過世的不幸少年」了。

而是世界上——最幸福的網路小說家！

呼啊啊啊啊啊！雖然不知道為什麼會這麼高興，但總而言之就是很高興！

完全high起來的我，產生必須把這份喜悅傳達給其他人知道的使命感，於是忍不住衝出房間。

前往的地點是客廳，我很沒教養地跑過去。

待在客廳的老爸，想必是大吃一驚吧。

畢竟我這個家裡唯一的孩子自從母親過世之後，一直都是無精打采的樣子。

「爸爸！」

啪！我用力把客廳的門打開並且登場出現之後，用跟昨天之前完全不同的爽朗聲音大聲說：

「我要！成為職業小說家！」

正在沙發上看書的老爸，驚訝地凝視著兒子。

他雖然先張大嘴巴看著講出意義不明宣言的我，但接著就恢復原狀問我說：

「那還真是突然，發生什麼事情了嗎？」

父親這關懷的詢問，我非常認真地回答：

「我發現到了。其實我……是個天才啊！」

叭叭──！如果是漫畫的話，背後就會出現這種狀聲詞。

現在想想，真正的小學生裡頭應該也沒幾個會誤會得如此徹底的笨蛋吧。

「我是擅長寫小說的超級天才，要成為職業作家來大賺一筆。我是說真的。」

只不過當時的我是認真的，非常非常認真。

如果因此被嘲笑，就會感到受傷然後生氣。

面對如此纖細敏感的國小高年級兒子，我的父親大人是採取什麼樣的態度呢？

「噗哈哈哈哈！」

正是發出爆笑聲。

「咳咳！唔……哈哈哈哈哈！你在說什麼啊！呀哈哈哈哈哈！」

他猛烈地捧腹大笑，甚至笑到流眼淚，對兒子的夢想全力發出笑聲。

是個最差勁的父親。

「為什麼要笑成這樣啊——！」

夢想被嘲笑的國中小學生，大概都是像這樣開始生氣的吧？

我面紅耳赤地怒吼，老爸則是氣喘吁吁地道歉。

「哎呀，抱歉。忍不住就……」

「什麼叫做忍不住！不要邊笑邊道歉啦！嗚哇啊啊啊！」

「我還是跟你差不多年紀的小鬼時，也有聽過相似的話喔。」

——小鐵！我要！成為職業廚師！

——啥？妳在說些什麼啊？

——呵哼哼，我發現到了……其實我，是料理的天才啊！

「是你媽媽講的。」

「……………」

「這樣子當然會想笑吧。呵呵呵，沒想到母子兩個人都跟我講相同的話。」

父親發出啜泣聲。

他是在哭，還是在笑。又或者是兩者都有呢。

「抱歉喔，正宗。別哭啦。」

「爸爸你不是也在哭嗎。」

「哈，我才沒在哭。」

老爸用襯衫的袖子擦擦臉，露出爽朗的表情。

「對了……你稍微等一下。」

他把擺在沙發旁邊的紙箱拆開。

從裡頭拿出來的，是最新型的筆記型電腦。

「雖然是剛剛才送到的……」

老爸單手拿起電腦，向我遞過來。

「就送給你吧。」

「咦？可是……」

「想成為職業小說家的話，會需要這個吧？」

他露出笑容。

「…………啊。」

這時候，我從最希望認同我的人身上，獲得我最想要聽見的話語。

「嗯！」

我緊緊抱住筆記型電腦。

之後——和泉征宗依照他的宣言，成為職業作家。

以這台從父親手中收下的重要機器，創作出許許多多的作品。

＊

「這就是……和泉征宗沉迷於撰寫小說的『契機』了。」

正宗這麼說完，讓這段往事到一個段落。

我因為某種理由——變得無法直視他的臉龐。

「……是、是這樣……的啊。」

他所述說的「契機」跟我所想像的內容幾乎相同。

只不過，由於這裡加入他「純粹的感情」再由他親口直接說出來以後，就變成破壞力超群的兵器了。

「我第一次撰寫的小說，有肯說它很有趣的人。也有為我創造的角色，繪製插畫的人。這都讓我非常高興……高興到亂七八糟……所以才讓我以職業小說家為目標。」

那時候他發生什麼事情——又有什麼樣的想法。

這些全部直接傳達過來，從正面衝進我的心臟裡頭。

「…………啊嗚…………」

我低下頭，不斷忍耐著有如流行性感冒的熱度。

「……有……有那麼……讓你感到高興……嗎？」

「是啊！」

正宗彷彿像是回到小學生時代一樣，用爽朗的聲音笑著。

「第一個送讀者來信給我的『那個人』，第一個為我的角色繪製插畫的『那個人』。雖然只是在網路上的交流……但我認為我們是朋友喔。」

正宗眺望著遠方，回想過去的往事。

我仔細地……盯著他的表情看。

我火熱的臉龐，完全沒有降溫的跡象。心臟也不斷劇烈跳動。

……這個表情太狡猾了。

他不久後從回想中回到現實，並且看著我。

「我的故事就到這邊。接下來輪到紗霧啦——把妳的『契機』——告訴我吧。」

「知道了。那就……告訴你吧。當時變成輕微家裡蹲的我，能夠振作起來重新去上學的——『契機』。那也是……我開始正式練習畫圖的『契機』。」

「喔……那這樣，真的是很重要的『契機』呢。」

「嗯……沒錯。」

我認真地點頭。

「讓哥哥沉迷於撰寫小說的契機，是『跟第一位讀者相遇的關係』——這樣子嗎？」
「是啊。」
「……我能重新去上小學的契機，是因為『跟哥哥相遇的關係』。」
「咦？」
「……我開始認真練習畫圖的契機，是因為『跟哥哥相遇的關係』。」
「不……這什麼意思？」
「…………我跟哥哥，以前……曾經相遇過。」
於是正宗保持歪著頭的姿勢——瞪大雙眼，並且整個人僵住。
「……………咦？」
妹妹剛才怎麼好像，講出什麼非常不得了的告白——他露出這種表情。
「……那是……怎麼……一回事……？」
我認為就是現在。
現在正是把我一直隱藏的「祕密」告訴給他知道的時候。
我做個深呼吸……
然後把剛才所畫的插畫，拿給正宗看。
「紗、紗霧……這個……這張插畫……」
那是勇者征宗的插畫。

這個勇者比笨拙的我還要能言善道——幫我說出「我的祕密」。

「第一個寄讀者來信給哥哥的人，第一個為哥哥的角色畫插畫的人。」

「……難、難道說——」

沒錯。

我為「和泉征宗」的小說繪製插畫，並不是從接下他出道作《漆黑之劍》的插畫委託開始的。

而是在這兩年前。

從和泉征宗出道以前。

從他在網路上寫完處女作《勇者征宗的冒險》當天開始。

當時正全力當個家裡蹲的我很喜歡用手機閱讀網路小說，藉此作為打發時間的一環（再來就是當成減少媽媽來找我講話頻率的工具）。

話雖如此，我也不能說是個熱心的讀者。

我是個只要稍微有點無聊，就會立刻退上頁（退回網頁上一頁的簡稱）的輕度讀者。

這天我也一樣邊在床上打滾，一邊搜尋閱讀網路小說。

人氣排行版前幾名的小說早已經被我看完，目前正在自己很有耐心地尋找有趣的小說——也就是所謂「發掘小說」這種行為。

「發掘小說」的方法有很多種，雖然也想介紹些我個人獨有的訣竅，但這樣會講很久所以還是算了。只能說，我不會採用從每日排行榜由上依序往下看的這種閱讀方式就是。

順帶一提，從床上可以看見正在隔壁房間工作的媽媽。

媽媽從剛才開始就三不五時轉頭看這邊，很煩人地想吸引我的注意。

「紗霧～妳看妳看～像這樣設計出可愛的角色，就是媽咪的工作喔。我呀～可是還挺～有～名～的唷！」

媽媽遞出來的平板上，畫著半擬人化的動物插畫。

有兔子也有熊，都是些健全又兼具可愛，看來很受小朋友喜歡的設計。

雖然我當時不知道，但這似乎是當時某款大流行又超有名的遊戲要拿來發表新作用的插畫。

我看到這些小學生會垂涎三尺的寶物圖畫後，用無精打采的聲音這麼回答：

「哼嗯。」

「嗚哇，感覺完全沒興趣～」

媽媽失望地嘆口氣。

「……那個……紗霧妳喜歡畫畫吧？」

「嗯，喜歡。」

「那這樣子！這樣子好了！媽咪來認真教妳畫畫好不好？好不好嘛？」

「不用了。」

「……啊，是喔。」

現在想起來真的感到很愧疚。

當時我對媽媽的態度，還有對畫圖的態度就是這種感覺。

因為。

畫工作用插畫時的媽媽——看起來似乎不太快樂。

畫出來的圖（就算給現在的我來看）也很無聊。

由於我沒去上學，媽媽工作時我就待在她身邊。所以也看到許多插畫家這種工作不好的一面。

今天雖然裝得很帥氣凜然的樣子，但是狀況不好就會開始哭喊著「啊嗚嗚～人家不想工作啦～～～～～～」這些話，也全部被我聽見了。

而且——

「好想畫些跟工作沒關係的色色插畫喔～～～～好想開繪圖實況給大家稱讚跟拍馬屁喔～～～～腰好～～痛，脖子好～～痛，好想休息～喔。」

——連這麼糟糕的模樣也都被我看見。

現在雖然能夠吐槽……但這實在不是適合給小學低年級女兒看見的模樣。

雖然喜歡畫圖，但卻不會有要努力練習畫技，或是將來要跟媽媽一樣成為職業插畫家的想法。

害怕去學校，在家遊手好閒也很無聊又有罪惡感。媽媽也好煩，有沒有什麼有趣的事情呢～

啊——唔——總覺～得就是沒～有呀。

這種慵懶的心情，大家都懂吧。

真是困擾……

聽完某個認真型笨蛋的往事之後，顯得我好像很愛撒嬌一樣。

不過，該怎麼說。這種消極又懶散的日子，不管是誰應該都經歷過吧！

……應該有吧？

像這樣倦怠的早晨，也只能躺在床上滑手機而已了。

今天也是一樣，我在常去的小說網站開始發掘小說。

由於看了媽媽畫的奇妙動物們，腦袋裡頭變得充滿奇幻的感覺。所以我集中搜尋奇幻類型小說，開始閱讀新作小說。

經過幾次退上頁後，我發現某部小說。

標題是《勇者征宗的冒險》。

上頭沒有任何感想或是評價，真的是才剛投稿的作品。

作者名稱是和泉征宗。

「噗。」

明明連內容都還沒看過，卻讓我笑了出來。

——哇啊……哇啊啊……作者跟主角名字一樣耶。

這就是會讓我想再稍微看一些的契機。

這種情況現在是滿稀奇的。要問為什麼稀奇的話，就是它並不是為了玩梗才這麼寫的。

這真的是——作者自己化身為主角，很愉快地在執筆。

開始閱讀後，光看開頭就知道。

世界觀是劍與魔法的奇幻類型，就是部以遊戲為基礎的平凡二次創作小說。

文章的拙劣感清楚表現出這是作者第一次撰寫小說，這樣感覺只要讀個兩～三話就會退上頁了吧。

「哼嗯……不是很有趣……」

每一話的文章份量算是偏少，幾分鐘就可以讀完。

第一話看完後，我按下更新鈕。結果就出現通往第二話的連結。

「……喔。」

看來是在我閱讀第一話的時候，投稿第二話的——似乎是這樣沒錯。

……到這裡為止，還不算什麼太奇怪的狀況。畢竟可能是偶然。

又過了幾分鐘後……閱讀完第二話的我再度按下更新鈕，於是出現通往第三話的連結。

「嗯……？」

也就是說，這名叫和泉征宗然後寫得很爛的網路小說家，再次——在我閱讀第二話的幾分鐘之內，投稿了第三話。

當時我雖然沒有想太多，但也有「這部小說，好像有點奇怪？」的這種感覺。

讀完第四話後按下更新鈕，第五話出現了。

讀完第五話後按下更新鈕，第六話出現了。

讀完第六話後按下更新鈕，第七話出現了。

讀完第七話後按下更新鈕，第八話出現了。

讀完第八話後按下更新鈕，第九話出現了。

讀完第九話後按下更新鈕，第十話出現了。

「嗯？嗯？嗯～？」

到這種地步就算不是我，只要是網路小說的讀者都會察覺到「有什麼異常狀態發生」了吧。

我被跟小說有趣程度不同方向的興趣所吸引，在床上把身體抬起來，然後到《勇者征宗的冒險》的感想欄裡頭這麼寫著。

【你是有屯稿嗎？】

結果「和泉征宗」馬上有了回覆，而且才不到十秒鐘。

【？？？什麼是屯稿？】

我再度到感想欄上寫下留言。

接下來，就有像這樣的對話。

【這個小說是什麼時候寫的？】

【就是剛才寫的。】

【到第十話都是？全部？】

【是的。現在正按照順序把寫完的東西上傳，如果方便的話請告訴我感想！】

「……………………………………………………………………」

看完「和泉征宗」寫下的留言，不斷地眨動眼睛。

接著揉揉眼睛，又重看了好幾次。

「這個……」

我驚愕到全身起雞皮疙瘩——

同時在小說目錄頁面點下更新鈕。

唰……新作連結一口氣顯示到第十六話。

這已經沒有必要解說了吧。

……就是這麼一回事。

「……這傢伙是怎樣。」

我張大嘴巴，朝著連長相也不知道的人這麼自言自語。

接下來一半是興趣，一半是好像看到恐怖的東西一樣。我繼續閱讀《勇者征宗的冒險》。

文章寫得還是一樣爛。

只不過，他看起來好像非常愉快。

即使經過一個小時、兩個小時，更新速度也完全沒有降低。

然後大概也開始熟悉要怎麼寫……感覺內容……慢慢變得有趣起來了。剛開始等級還只有一的勇者征宗，現在已經變得能夠跟巨龍交戰。

「這個人是怎樣啊……哈哈……哈哈哈……」

不知不覺地，我也沉迷其中。開始專心閱讀這篇拙劣的網路小說。

然後……

「紗霧、紗霧，妳在做什麼～？來看媽咪帥氣的工作模樣嘛～」

三不五時就有人來礙事。
小說讀到一半就被打擾的我，很不高興地往媽媽那邊看去。
「……看網路小說。」
「啊！悲報・媽咪工作的模樣，輸給網路小說了！」
這種時候的媽媽真的很煩。
「有那麼好看嗎？」
「寫得很爛。」
我率直地陳述感想。
「不過開始有趣起來了。」
下午四點三時分的現在——
《勇者征宗的冒險》已經連載到一百零五話。
——從今天早上開始就一直沒休息，不斷撰寫這部小說。
感想零件，評價也是零件。只有我剛才寫的疑問而已。
然後即時的不重複觀看人數，包含作者在內只有「二人」。
由佩服與訝然交織而成的笑聲，從我口中冒出來。
「……明明只有我在閱讀而已…………為什麼還能……這麼努力地撰寫呢？」
這也不是真的想要詢問誰，不過卻有回答傳來。

「是因為很開心吧？」

是媽媽回答的。

這句話在我內心也非常不可思議地獲得贊同——所以我目不轉睛地盯著媽媽的臉看。

媽媽說：

「就算沒有人看到，光是創作就很開心。」

「有誰能夠看到的話，那就更開心。」

「如果有人肯稱讚的話，會更加開心。」

「創作就是這麼一回事喔。」

她這種溫柔微笑的表情……第一次讓我感到憧憬。

「哼嗯………………所以媽媽也是……」

「嗯？」

「明明都說腰痛想休息，然後不想工作了。卻還是會開繪圖實況來玩這樣嗎？」

「…………紗、紗霧……？為、為、為什麼妳會知道……媽咪的祕密？」

媽媽焦急到汗如雨下。

「因為我在睡午覺時，妳總是在旁邊開實況啊……」

那當然會醒來看見，而且也都聽到。

——我畫色色漫畫的事情被家人發現了啊啊啊啊啊啊啊啊！

像這樣哭喊的模樣也一樣。

難道說，媽媽筆名的由來……不，不是的！

……她都說過是島嶼的名稱了嘛！

回到主題，我對陷入動搖的媽媽這樣說：

「我都知道……媽咪總是很開心地畫著女孩子的圖喔。」

在網路的一角畫著圖，偷偷進行實況轉播的——情色漫畫老師。

「他」留下的影片，我要再過好幾年才能以觀眾的身分來觀看。

——媽媽不在了以後……我曾有一陣子變得無法畫圖……

——怎麼樣也沒辦法走出房間……而且也不知道該怎麼辦才好……

——這個時候，我看見其他插畫家，在進行影片轉播。

——那個人，在跟大家聊天的同時，一邊愉快的畫畫。

——畫完以後，就當場詢問大家的感想……我看了，很羨慕。

——我也……想變成那樣。

「這樣啊，被發現了呢。」

嘿嘿，媽媽害羞地笑著。

想必她的內心……

『畫色色插畫的事情連女兒都發現了嗎！』

『實際上是如何！雖然沒問但是好在意喔！』

一定是這種感覺的想法，不過媽媽完全不動聲色地繼續這麼說：

「……嗯，就是這樣子。所以我才能夠理解，沉迷於創作的人是什麼樣的心情。」

她輕輕撫摸我的頭，並單手把彩色鉛筆遞出來。

「要不要告訴『那個人』呢？」

「咦？」

「告訴他『我看你的作品看得很開心』這樣。這樣子他一定會很高興，那樣子他一定——會很開心喔。」

「————」

我看著媽媽的臉，再看看映在手機上的《勇者征宗的冒險》。

接著把彩色鉛筆拿在手上。

「嗯！」

那天晚上，我寄了封郵件給「和泉征宗老師」。

真的很有趣喔。

我還畫了勇者征宗的圖！

那是封讀者來信，還附了張畫得很爛的插畫。

「我就是你『第一名讀者』——那就是我的『契機』。」

我講完到這裡以後，就筆直地看著正宗的臉。

他呆然地——聽著我述說往事。

看來是相當驚訝。

直到他能從口中講出話來，都花上好長一段時間。

「妳是……紗、紗霧是……我的第一位讀者……？」

「……嗯。」

我確實地點頭。

「……騙人的吧？因為『那個人』是……年長的……男性……」

當時的我在跟正宗交流時，並沒有使用網路暱稱。所以他們都只用「你」來稱呼對方。

如同剛才聽到的，似乎他私底下把我稱為「那個人」。

「的確，當時的我是對哥哥——這麼說沒錯。」

「…………」

「但其實不是年長的人……而是小學二年級生。」

「……真的假的。」

正宗抱住自己的頭。看到他這個模樣，讓我逐漸不安起來。

他對「那個人」抱持的幻想，說不定會被我破壞掉……

「那個……要、要講些證據嗎？」

「咦……？」

「我全部……都還記得。那個時候我們兩個人……聊了些什麼……」

沒錯，那是我們（在網路上）相遇後第一個冬天。

早晨……今天也沒去學校的我，從公寓的窗戶眺望外頭。

窗戶外頭，有正要去上學的小學生們。大家都很開心地聊天，並且走在通往學校的道路上。

另一方面……我的書包就一直掛在桌子旁的掛勾上。

這已經有半年以上。

成為輕微家裡蹲之後，每天早上到了這個時間就會變得無比憂鬱。

雖然是個只要去上學就能解決的問題……但這不代表能把不想去的原因消除掉。

而且只要像這樣長期沒去上學……就很難重新再去學校。

「唉。」

我沉重地嘆了口氣。

這個時候。

「！」

有郵件寄到我的手機。

是「和泉征宗」寄來的。

【喂喂～有閱讀過我的新作品了嗎？】

就像這樣——真的是，已經這麼沒大沒小了。

閱讀他寄來的郵件時，我總是有種被小狗喜歡上的感覺。

「噗……真是受不了。」

我笑嘻嘻地回信。

【還沒！我才剛起床而已！】
【咦咦！你還在睡！難道說……是尼特族？】

好敏銳！
我變得非常焦急。
「呃……那個嘛……」

【不是啦！我是大學生！】
【喔！是大人呢！】
【是啊！所以你幾歲了？】
【十一歲！】

「喔、喔喔～～～」
年紀比我大啊……還覺得他像是弟弟一樣……
就是這樣子。
由於一開始就裝作自己年紀比較大，事到如今也沒辦法說自己年紀比較小了……

我只能以小學二年級生的身分，繼續扮演和泉征宗少年的大哥。
接下來我們的交流也持續了一陣子。

【我又畫了張插畫喔！】
【真的嗎！謝啦！喂喂！這次也可以跟小說放在一起上傳嗎？】
【是可以啦，不過我畫得很爛喔。】
【跟那個沒關係啦～我超喜歡的！】
【這樣啊，那我就再幫你多畫一些。要好好感謝我喔。】
【謝啦！】
【再說啊，反正你的小說除了我以外也沒別人閱讀。】
【不要提這件事啦！而且呀，最近閱讀人數有慢慢增加了啊！】
【喔，是我的插畫的功勞嗎？】
【是我的小說很有趣啦！】

即使春天過去，夏天到來，我依舊無法去上學——只能過著憂鬱的每一天。
在這之中……
我跟變得要好的小弟，跟和泉征宗的交流是我少數的樂趣之一。

然後我能振作起來重新去上小學，也是受到他的影響。

這天從大清早開始就是好像要把人煮熟的酷熱，我家的冷氣正在故障中，於是變成有點像是三溫暖的慘況。

「紗霧呀～去學校上課應該比較涼快吧？」

媽媽以只穿著內褲跟胸罩這種不成體統的裝扮，用好像快死掉的聲音對我說著。

「……我絕對不去，這麼熱還比較好。」

「還真頑固呢。」

媽媽整個人趴倒在桌子上。

「話說回來還真熱耶～～～」

不久後，媽媽用緩慢的動作把手伸向平板，把作業中的線畫拿給我看。

「喂～紗霧～給在這種灼熱空間工作的媽咪一點鼓勵嘛。」

我用徹悟的表情說：

「那種圖不會讓人想舔內褲的。」

「這種話妳是從哪學來的啊？」

我用手指著媽媽。

這時候的我，似乎已經逐漸受到「前代」的影響。

媽媽——不，情色漫畫老師很熟練地改變話題。

「對了～這麼說起來，紗霧最近好像很努力地在畫畫耶。果然還是讓媽咪來好好教導一下吧？」

「嗯……不用啦。」

「啊，是喔？」

媽媽露出失望的表情，再度趴倒在桌上。

「…………………」

我拒絕媽媽「要不要我來教妳畫畫？」這個邀請。

不過跟上次不同，這次顯得有些迷惘。

這也是因為……當時我經常畫圖寄給「和泉征宗」……

所以也逐漸產生想要畫得更好的心情。

小學三年級生的和泉紗霧，在繪畫方面只是稍微受到身為插畫家的母親「給予些許啟蒙」而已，「繪畫技術」大概只比平常國中生好一點點。

即使是我這種拙劣的插畫，和泉征宗也還是高高興興地收下——

然後在網路上跟大家炫耀。

這點真是讓人有些害羞。

想畫些更棒的插畫給他。

自己有了像這樣的想法。大概也是因為內心有這股衝動。

回過神時，自己寄了這樣的郵件給他。

【你為什麼會想要寫小說呢？】

【怎麼突然問這種問題？】

【別管那麼多啦，告訴我嘛。】

他很稀奇地，花了一段時間才有回答傳來。

【我，只有父親而已。】

「！」

……跟我好像。

沒有父親的我……跟沒有母親的和泉征宗。

我以為——我們是相同的。

正這麼想著時，他傳來我絕對不會說出口的話語。

【如果我不快樂點的話，就會有人擔心。所以，我必須找出自己喜歡的興趣才行。】

因為這樣——我才會開始撰寫小說。

「……什……什麼啊！」

——他跟我……完全不同嘛。

我看著垂頭喪氣趴在桌子上的媽媽思索著。

我……讓媽媽無比操心……也沒有去上學……

可是這傢伙卻……

我對自己感到羞愧，於是忍不住就寄了像是要吵架的文章過去。

【真是陰沉的理由，這樣子會覺得有趣嗎？】

【我覺得超有趣的啊，因為有你肯閱讀的關係嘛。】

——我內心為之一震。

【因為你畫了插畫，才讓我喜歡上撰寫小說的喔。】

【是喔。】

「……嗚啊啊啊…………………」

我在床上雙腳亂踢。

——臉頰變得像平底鍋一樣滾燙。

從隔天開始。

我有了一些改變。

早晨，媽媽目擊到我背著書包走出房間時……

「嗚耶耶耶！紗霧要去上學了——！」

驚嚇到眼球好像都要飛出來了。

「如何？……這樣子，你相信了嗎？」

「啊、是啊……」

正宗認命般點點頭。

「我相信。妳就是——『那個人』。」

「嗯，沒錯——『終於見面了，和泉老師。』」

當我用當時的語氣這麼說，他露出喜極而泣般的表情。

「哈哈…………這麼說起來，紗霧變成情色漫畫老師時的講話方式跟那個人一模一樣嘛……為什麼我都沒有察覺呢？」

「因為……我是女孩子，年紀又比較小嘛……」

「說得沒錯。這也是原因之一……而且從我們第一次一起工作開始，情色漫畫老師的圖就畫得很棒了。」

畢竟那個人畫得很爛呢——正宗在本人面前笑著這麼說。

「那真是不好意思！在那之後我有練習過了啦！不然怎麼可能成為職業插畫家！你以前不是也寫得很爛嗎！」

「講往事的時候，妳不是也一直講說我寫得很爛講超多次的嗎！」

「因為哥哥就真的寫得很爛嘛！」

「妳不是說很有趣嗎！」

「是很有趣啊！可是也寫得很爛嘛！」

「妳又講我寫得很爛了！啊，可惡！當時也有過相同的對話……真是的，果然是本人！」

正宗話語中帶有複雜的感情。

「真的——是妳呢。怎麼辦……我都不知道該露出什麼表情才好了。」

「普通對待就好……不管哪個我，都還是紗霧啊。」

「這樣啊。不過，我果然還是搞不懂。」

「感到幻滅了嗎？」

「什麼？」

「哥哥的第一個讀者……『那個人』……就是我……讓你失望了嗎？」

「該怎麼說呢？雖然有點混亂，但老實說……能見到妳是真的很高興，也有些為什麼要隱瞞到現在的心情……這些全部混在一起！不過沒有感到失望！」

「是、是嗎……」

「為什麼要隱瞞呢？直接說出來不就好了嗎——在妳以情色漫畫老師的身分跟我一起工作的時候。」

「因為我們約定好了。」

就連遲鈍的正宗，這次也沒有回問我了。

「約定……是那個啊。」

「嗯，那個。」

——你總是為我帶來夢想。

「你還記得……自己一開始帶給我的『起始的夢想』嗎？」

「是啊，那當然。」

＊

那是我——和泉正宗小學畢業當天的事情。

畢業典禮結束後，我拿著裝有畢業證書的圓筒，就這樣穿著西裝打扮走向便利商店。

跟老爸一起。

「來吧，正宗。把ＵＳＢ隨身碟拿出來。」

「嗯。」

我在便利商店的影印機印刷原稿。

這是要投稿新人獎的小說原稿。

伴隨著嘎嘎哐哐的清爽聲響，讓我的小說被印刷出來。

這是應該要成為職業作家「和泉征宗」出道作的作品們。

「哇喔！」

我興奮地觀看這個過程。

另一方面，老爸他……

「……喂……這會不會，印太久了？」

看到不斷被印出來Ａ４用紙，感到有些畏縮。

然後不知道過了多久以後……

嗶！影印機在發出錯誤警示聲後停止運作。

「啊，墨水用完了——爸爸！幫我叫店員過來！」

「喔、喔喔……真的假的。」

就這樣——

把印刷好的原稿依照作品不同用長尾夾夾好，再放入文件袋寫上名字等必須事項。

「參賽原稿」就完成了。

我們父子走出便利商店後，雙手都拿滿了眾多的參賽原稿，這次換成往郵局前進。一路上我們很開心地交談，因為老爸一直都很忙，所以這算是久違的親子團圓。

「和泉老師，你的參賽原稿會不會太多了？」

老爸用捉弄與忠告各占一半的聲音說著。

我充滿自信地挺起胸膛回答說：

「呵哼哼，這可是天才的作品喔！而且寄這麼多過去的話，編輯部的人們一定也會很高興的！」

「噗哈哈，沒錯——再把一半分給我拿，那很重吧？」

「不要，人家要自己拿！人家……不對——我已經不是小學生了，再過一年左右就會成為職業小說家。」

不要把我當小孩子看待——我很孩子氣地如此主張。

「……呵呵，真是有自信。不過，說不定會變得跟你所說的一樣呢……我已經漸漸有這種感覺了。」

這小聲的低語。

「嘿嘿～那是當然的啦！」

年幼的我，天真無邪地回答。

抵達郵局後，我把大量的原稿交給櫃台的大姊姊。

「麻煩妳了！」

「呵呵，我承接了。」

面對眼神帶有笑意的大姊姊，我也自然地露出笑容。

走出郵局後，我用力舉高變得輕盈的雙手。

「啊～～～～寄出去了！寄出去啦！」

「再來就是等待結果了。正宗，如何啊？為了慶祝你畢業，要不要去吃些美味的大餐？」

「太棒了！啊，但是等一下！我——還有些事情！」

「？」

「我要告訴朋友這件事。」

「——這樣啊，那你去吧。」

「嗯！」

我當場跑出去。

講到我為什麼在今天交出參賽原稿的話——

是因為想在小學畢業這天，想在人生的段落爽快地往天空發射一發大砲。

我跑到看不見老爸身影才停下腳步。

接著拿出手機。

「……好。」

這比領取畢業證書時還要更加緊張。

「去吧！」

我向連長相都不知道的重要朋友，送了封簡短的郵件。

【你喜歡畫圖嗎？】

＊

我收到那封郵件，是在畢業典禮當天。

雖然不是才小學三年級的我要畢業。

『記得那傢伙是六年級生沒錯。』

『現在那邊也在舉行畢業典禮了吧。』

但我思索這些跟連長相都不知道的重要朋友有關的事情。

我自己一個人，走在飛舞的櫻花花瓣之中。

因為沒有親密到能一起回家的朋友。

雖然不會覺得寂寞，但是看到在吵鬧聊天的畢業生群體，心裡就會產生隔閡。

——我果然還是很難適應學校。

唉，我嘆口氣。

就在這個時候。

【你喜歡畫圖嗎？】

和泉征宗傳了封奇怪的郵件過來。

「？」

剛才那充滿隔閡的心情逐漸消失，只覺得這是什麼鬼？

我停在櫻花樹底下，回信給他。

【怎麼突然問這個？】
【沒關係啦，告訴我嘛。】
「真是……幹麼現在才問這個。」
雖然搞不太懂，但我老實回答他。
【喜歡啊。】
接著，雖然有點害羞……但又傳了這麼一封。
【畢竟有人會因為我的圖而感到高興。】
【這樣啊，那真是太好了。】
【到底怎麼了？】
【我要成為職業小說家！】
「……這傢伙在講什麼啊？」

內心的想法就這樣變成自言自語講出來。
由於這個要成為職業作家的宣言太過唐突，讓我只能做出這種反應。
也不清楚他到底是不是認真的，於是我這麼回信。

【你寫得那麼爛，別得意忘形啦。】
【你不是說我的小說很有趣嗎！】
【很有趣喔，但是不可能當上職業作家的。】
【我會當上的！因為我是天才嘛！】

「這傢伙真的是在講些什麼啦！」
我全力朝著手機吐槽。
完全搞不懂這什麼意思！
要成為職業作家——難道他是認真的嗎？
今天才剛從小學畢業的小孩子？
當我感到困惑時，眼前的手機又傳來新的郵件。

【我剛才把參賽原稿寄出去了。】

「咦……？」

【我想把這件事第一個告訴你。】

——啊，這…這傢伙是……認真的。

「呼哇……」

……我嘆了好長好長的一口氣。

我受到的衝擊，似乎比想像中來得大。

如果這傢伙真的成為職業作家……那我們的關係又會如何呢？

我開始抱有這種模糊的不安感。

只不過，接下來他就想了句把這種不安整個吹跑的話。

【哼嗯，這樣啊。你是認真的。】

【嗯！所以你也來成為職業插畫家吧。】

「啥！」

這傢伙剛才講了什麼！

【然後到時再來畫我的角色嘛。】

「……這傢伙………………………………真是………………………受不了他…………………………」

【還真臭屁，明明只是個小孩子。】

我送了這句話，給年長的對象。

實際的年齡怎麼樣都沒關係。

老子我是這傢伙的大哥，這傢伙是老子我的小弟。

跟這個臭屁的小弟相遇之後，過去的種種回憶……有如走馬燈般在腦內盤旋。

發現《勇者征宗的冒險》並且開始閱讀那一天的事情。

看到用非比尋常的速度更新的樣子，忍不住跟他聯絡的事情。

被媽媽推了一把，於是畫了張圖並寄讀者來信給他的事情。

接下來開始交流……

我閱讀這傢伙的小說，述說感想。我也畫圖送過去，聽他述說插畫的感想。

有時像白痴般吵架，有時又很認真地討論。有時受他影響，有時又給他帶來影響。
閱讀這傢伙的小說時，就會忘卻寂寞。
這傢伙寄來郵件時，心裡的疙瘩就會消失。
讓自己變得能夠——去學校上學。
四季流轉……不知不覺已經過了一年……
想必那邊也有類似的心情吧。
因為有這樣的郵件送來。

【這一年，真的非常開心。】
【……我也是。】
【也有好多的歡笑。】
【我也一樣。】
【從明天開始，來做些更開心的事情吧！】

然後，他開始述說夢想。

【成為職業小說家後，來寫出許多超有趣的書給許多人閱讀，每天在歡笑中生活吧！】

這是他開始撰寫小說的理由——也是屬於未來的夢想。

【那個，你也一起來吧。】

簡直就像在眼前邀請我一樣。

閱讀郵件的時候，心臟不斷劇烈跳動。

這股悸動是從何而來，當時雖然我還不知道。

但我淚眼汪汪地回信。

【竟然講這種大話，這種事情可不知道能不能辦到喔。】

【辦得到的，我這個天才可以保證。】

【我知道了。】

我緊咬嘴唇，用力握緊手機。

【我不會再幫你的小說畫圖了。】

【咦？】

【也不會寄郵件給你，你也不要跟我聯絡喔。】

【為什麼……？】

竟然問為什麼？

【從今天開始，我要認真練習畫圖。為了實現你帶給我的這個夢想。】

這樣子我只能下定決心。

【要一起創作書籍，每天在歡笑中生活對吧？我可不是天才，所以沒空陪小孩玩耍了。】

誇下海口的同時，我也感到無比焦急。

既然決定「要做」的話。

我對他講的「明明只是個小孩子」這句話，就會膨脹好幾倍反撲到自己身上。

所以，真的已經沒時間玩耍了。

如果想要實現近乎不可能的夢想，就必須比這傢伙更努力才行。

如果不比這個傻瓜還傻上好幾倍，大概是不可能辦到了。

「你這傢伙，我就拚給你看。絕對絕對，不會被你拋在後頭的……！」

他這麼回應我的決心。

【那這樣，我也不再撰寫用來當興趣的小說。】

定下約定的人，是那一邊呢？

【下次聯絡時，就等哪天我們都獨當一面的時候吧。】

【那就再會啦。】

【嗯！再會了！】

明明只是透過郵件交談。

但這個道別，卻有著雙方互敲拳頭般的強烈手感。

「呼唔。」

這樣就結束了。

拯救了我的郵件，已經再也不會寄來。

這是多麼寂寞的事情啊。內心深處雖然這麼想，但我的嘴巴卻露出笑容。

不但傲慢還充滿自信。

簡直就像「我」還是那傢伙的老大哥一樣。

「很好！」

我當場開始奔跑。

要前往的地點已經決定——是師父的工作場所。

回到公寓後，我粗暴地脫掉鞋子並在走廊上前進。

「媽咪！」

啪！我猛力把門打開。

「嗚嘎呀啊啊！」

正在繪製色色插畫的媽媽，發出不像是這世界上會有的尖叫聲。

她匆忙用身體把螢幕遮住，淚眼汪汪地大喊：

「什、什麼！紗霧，怎麼了嗎！」

「我……教我——」

「教我畫畫吧！」

從這天開始，大約一年以後——

我成為「情色漫畫老師」了。

——往事，到此結束。

述說完一切以後，「不敞開的房間」裡頭充滿平穩的氣氛。

「……那時候所講的『夢想』實現了呢。」

「是啊，老早就實現了。」

我們面對面坐著，相視而笑。

我們從四年前開始一起創作書籍。

雖然能在「歡笑中生活」是最近的事情。

但那時後述說的夢想，我們兩人一直都在持續實現著。

「『兩人的夢想』也要讓它實現喔。」

「那當然。」

我緩緩點頭。

真是不可思議的感覺。

過去的好友、現在的搭檔、妹妹、喜歡的人、恩人……

和泉征宗的「第一位讀者」。

「哈哈……什麼啊。結果全部都是妳嘛。」

「嗯……全部都是我。嚇一跳了吧？」

我露出笑容。同時用力，強烈地——

「是啊，嚇一大跳呢。」

這麼肯定。

想必情色漫畫老師會擔任和泉征宗的小說插畫，這並不是完全的偶然。當然我跟紗霧會成為兄妹就是偶然了吧。應該是偶然沒錯吧？

唉呀，真傷腦筋。總覺得很令人害躁，自己也有自覺說正在思考別的事情想要矇混過去。

相視幾秒後就移開視線……再度相視幾秒後又移開視線……

我們從剛才開始，行為舉止就像才剛開始交往的小學生情侶一樣。

紗霧很害羞地低聲說：

「那個……一直當成祕密，對不起喔？」

「沒關係啦，畢竟也都約好了——啊，這麼說來我們已經算是獨當一面了嗎？」

「我是這麼想沒錯……系列作品有寫到最後完結，新系列作品也已經決定要動畫化了…………………然後，而且呀……」

「而且？」

「也能像這樣直接見面……就在旁邊看著對方，好好交談對吧？」

「……說得也是呢。」

我緩緩點頭。

真是的……要走到這一步，還真是漫長。

兩人面對面，推心置腹地交談。光是這麼單純的事情就已經是個難題。

現在終於實現了。

即使抬頭挺胸地誇耀也無所謂吧。

「雖然出道以後還花了四年……不過我們都能獨當一面了。」

「雖然成為名義上兄妹後還花了兩年……不過我們都能獨當一面了。」

我在想到妹妹的時候，從來沒有加上過「名義上」這個詞。

所以當紗霧講出這個單詞時，就會想到「這麼說來是這樣沒錯」。

「那個，哥哥。」

「什麼事？紗霧。」

「我可以……不要再叫你哥哥了嗎？」

妹妹用笑容說著。

她露出笑容，同時流下眼淚。

「我可以……不要再假裝自己是妹妹了嗎？」

「……紗霧……」

我沒有問她為什麼。

因為我們為了互相理解，才述說了漫長的過去往事。

「剛才，我講了許多關於自己的事情吧？……那麼你應該能明白吧？我……………………不想要跟你成為兄妹。」

紗霧在自己膝蓋上握緊那嬌小的拳頭。

她用急迫的鼻音說：

「我、我想……我想…………成為的，並不是家人——」

「等一下。」

我用手跟聲音打斷紗霧的話。

「妳也有……聽完我的往事了吧？那麼妳應該也能明白，我想要擁有家人。無論如何，無論如何都想要擁有。」

「……嗚。」

紗霧痛苦地低下頭。

即使如此，還是只有這點我並不打算退讓。

然後我也不打算讓妹妹露出痛苦的表情。

所以，我決定將預定提前。

雖然可能會後悔，但是孩提時代的我應該會毫不猶豫地大喊。

誰管他啊，這句話。

我現在，要稍微取回這股勇氣。

「紗霧。」

第三章

「跟我結婚吧。」

後記

我是伏見つかさ，在此非常感謝各位肯把情色漫畫老師第八集拿在手上。本集的第二章是以之前收錄在電擊大王的短篇為基礎，重新加筆修正重新架構為本篇劇情的內容。

《情色漫畫老師》是部只要閱讀原作本篇，就能充分享受到樂趣的系列作品。

我希望讀者所擁有的情報量，不會因為是否閱讀過沒收錄在本篇的短篇而產生差異。由於有這樣的想法，所以就用這樣的方式來把短篇收錄進來。

老實跟大家報告，第八集的執筆時程是這十年來前幾辛苦的。由於有這樣的情況，所以頁數比平常來得少，這真的非常抱歉。

本次後記裡頭雖然有許多想要跟各位分享的事情，但幾乎都是還不能發表的內容，這讓我充滿無比焦急的心情。

現在能夠立刻讓大家知道的，大概只有動畫的腳本合計起來將有三話的量決定將要由我負責這樣程度的消息吧。我已經寫好兩話的量，當各位閱讀這個後記時應該也已經完成第三話的腳本了才對。

雖然還不能說出來，但今後應該會發表各式各樣的出道十週年企畫，還敬請各位期待。

我的危機不會像征宗那樣有文筆高超的美少女作家來幫忙，暑假也光是治療閃到的腰就結束了。雖然沒辦法就這樣完美做個段落來好好休息……但是從簽名會還有讀者來信這些各位給我的加油打氣，都好幾次從危機中拯救了我。然後《情色漫畫老師》的動畫，也在得天獨厚的環境裡進行製作中，絕對不會輸給作品裡的征宗。

這絕對會是一部能讓原作書迷們感到開心的作品才對。

原作以及動畫，雙方都請大家多多支持了！

動畫版裡頭，征宗上的學校位於「和泉家南側」。

原作裡頭則是位於「和泉家北側」。

關於這部分，原作跟動畫將不會把設定統一起來。

雖然應該是幾乎沒有人會在意的事情，但姑且還是在此記載清楚。

伏見つかさ

情色漫畫老師

為美好的世界獻上祝福！
暁 なつめ
illustration 三嶋くろね
絶贊熱銷中!!
「你要不要去異世界？可以帶一樣喜歡的東西過去喔。」
「那……就妳吧。」
（廢柴）家裡蹲就此跟（沒用）女神轉生異世界去了……!?
即使組成一群問題勇者，還是要拯救這個美好世界！
廢柴系ww
最搞笑的異世界喜劇!!

©RAKUDA 2016

Kadokawa Light Novels

喜歡本大爺的竟然就妳一個？ 1~2 待續

Kadokawa Fantastic Novels

作者：駱駝　插畫：ブリキ

這次又有新的美少女來攪局！
第二集的劇情發展不容輕忽！

如果有一天，你突然和不只一位美少女發生愛情喜劇事件，你會怎麼做？當然會毫不猶豫當個幸運大色狼吧？我和葵花還有Cosmos會長明明關係搞得很尷尬，卻要和她們進行恩愛體驗？陰沉眼鏡女Pansy啊，妳不用來參一腳，我現在還是很討厭妳！

各 **NT$220~230/HK$68~70**

台灣角川

異世界和我，你喜歡哪個？
Which do you love me or "isekai"?
1
YUKI AKATSUKI
暁雪
ILLUSTRATOR
へるるん
Kadokawa Fantastic Novels

Kadokawa Light Novels

天使的3P！ 1~7 待續

Kadokawa Fantastic Novels

作者：蒼山サグ　插畫：てぃんくる

《蘿球社》作者＆插畫家共同合作的最新作！
牽連眾多純真少女，臉紅心跳的激烈短篇集！

希美為炒熱演唱會氣氛，換上太過刺激的服裝。練習的休息時間，跟小潤發生無法預期的意外。面對小空，還發展成不能沒有她的狀況。再加上不得不幫妹妹分內褲。甚至幫忙櫻花打工時，做出色色的事——響的人生究竟會不會（在道德上？）出問題？

各 NT$180/HK$55

台灣角川

Kadokawa Light Novels

末日時在做什麼？有沒有空？可以來拯救嗎？ 1~5（完）

Kadokawa Fantastic Novels

作者：枯野 瑛　插畫：ue

妖精少女們與青年教官在末日綻放的最後光輝。
交由新世代繼承的第一部，就此落幕。

威廉沒能遵守約定，〈嘆月的最初之獸〉的結界瓦解。昔日正規勇者付出性命作為交換，令年幼星神陷入長眠。受其餘波影響，星神與空魚紅湖伯失散，並與被封住記憶的威廉一同過著虛假的平靜生活。直到〈穿鑿的第二獸〉降臨於懸浮大陸為止——

台灣角川

各 NT$200~250/HK$60~75

Kadokawa Light Novels

你的名字 Another Side:Earthbound

Kadokav
Fantas
Novels

作者：加納新太　插畫：田中將賀、朝日川日和

新海誠最新力作《你的名字》外傳小說！
深入探討角色們的背景及心境。

住在東京的男高中生瀧因為作夢，開始會跟住在鄉下的女高中生三葉互換靈魂。瀧後來漸漸習慣了不熟悉的女性身軀及陌生的鄉下生活。就在瀧開始想更了解這副身軀的主人三葉時，周遭對不同於以往的三葉感到疑惑的人們也開始對她有了想法──

台灣角川

NT$220/HK$68

國家圖書館出版品預行編目資料

情色漫畫老師. 8, 和泉征宗的休假日 / 伏見つかさ
作 ; 蔡環宇譯. -- 初版. -- 臺北市 : 臺灣角川,
2017.06

面； 公分

譯自 : エロマンガ先生. 8, 和泉マサムネの休日
ISBN 978-986-473-727-7(平裝)

861.57 106006394

Kadokawa
Fantastic
Novels

情色漫畫老師 8
和泉征宗的休假日

（原著名：エロマンガ先生 8 和泉マサムネの休日）

2017年6月28日　初版第1刷發行
2023年10月2日　初版第4刷發行

作　者：伏見つかさ
插　畫：かんざきひろ
日版設計：伸童舍
譯　者：蔡環宇

發行人：岩崎剛人
總編輯：蔡佩芬
副總編輯：朱哲成
設計指導：陳晞叡
印　務：李明修（主任）、張加恩（主任）、張凱棋

發行所：台灣角川股份有限公司
地　址：104台北市中山區松江路223號3樓
電　話：（02）2515-3000
傳　真：（02）2515-0033
網　址：www.kadokawa.com.tw
劃撥帳戶：台灣角川股份有限公司
劃撥帳號：19487412
法律顧問：有澤法律事務所
製　版：尚騰印刷事業有限公司
ISBN：978-986-473-727-7